Enid Blyton

LOS CINCO

Los Cinco se ven en apuros

¿Ya tienes toda la colección de LOS CINCO, de Enid Blyton?

Enid Blyton

LOS CINCO

Los Cinco se ven en apuros

ILUSTRADO POR **MARINA VIDAL**

Editorial EJ Juventud

Provença, 101 – 08029 Barcelona

Título original: *Five Get into Trouble*
Autora: Enid Blyton, 1949
La firma de Enid Blyton es una marca registrada de Hodder & Stoughton Ltd.
© Hodder & Stoughton Ltd, 2010

© de la traducción española:
EDITORIAL JUVENTUD, S. A., 1965
Provença, 101 - 08029 Barcelona
www.editorialjuventud.es / info@editorialjuventud.es

Ilustraciones de MARINA VIDAL

Traducción de Judith Peco de Danon
Vigésima cuarta edición, 2013
Texto revisado y actualizado en 2015

Primera edición en este formato, 2015

ISBN 978-84-261-4299-3

DL B 15322-2015

Diseño y maquetación: Mercedes Romero
Núm. de edición de E. J.: 13.139

Impreso en España - *Printed in Spain*
Impreso por Impuls 45

CAPÍTULO 1

Planes para las vacaciones

–¡De verdad, Quintín, no hay quien pueda tratar contigo! –dijo la tía Fanny a su marido.

Los cuatro niños, sentados a la mesa, tomaban su desayuno en silencio, y los observaban con interés. ¿Qué habría hecho el tío Quintín esta vez? Julián guiñó un ojo a Dick y Ana le dio una patadita a Jorge por debajo de la mesa. ¿Tendría el tío Quintín un arranque de mal genio como sucedía a veces?

El tío Quintín sostenía en la mano una carta que su mujer le había devuelto tras haberla leído. Aquella carta había originado la discusión. El tío Quintín frunció el ceño… pero decidió controlar su enojo. En lugar de ello habló con bastante suavidad.

–Bueno, Fanny, querida…, ¿cómo puedes esperar que recuerde con exactitud cuándo empiezan las vacaciones de los niños y si les corresponde pasarlas con nosotros o con tu hermana? Sabes que estoy concentrado en mi trabajo científico, y en este momento estoy con algo muy importante. ¡No puedo recordar cuándo terminan o empiezan la escuela!

–Podrías preguntármelo –exclamó la tía Fanny, exasperada–. En serio, Quintín, ¿no recuerdas que habíamos decidido invitar a Julián, Dick y Ana a pasar aquí las vacaciones de Pascua, porque les gusta mucho Kirrin y el mar en esta época del año? Dijiste que te las arreglarías para ir a ese congreso más tarde, y no durante de las vacaciones de los niños.

–Es que han llegado muy tarde –dijo el tío Quintín–. No pensé que sucedería así.

–Bueno. Pero tú sabías que la Pascua este año llegaba tarde, así que forzosamente las vacaciones tenían que llegar tarde –dijo la tía Fanny suspirando.

–A papá no se le ocurre pensar en estas cosas –intervino Jorge–. ¿Cuál es el problema, mamá? ¿Acaso papá quiere irse en mitad de nuestras vacaciones, o qué?

–En efecto –asintió la tía Fanny, y alargó la mano para coger otra vez la carta–. Veamos. Tendrá que irse dentro de dos días y seguro que tendré que acompañarle. No puedo dejaros solos, sin nadie más en la casa. Si

Juana no estuviese enferma, no habría problema, pero no volverá antes de una o dos semanas.

Juana era la cocinera. Todos los niños la querían mucho y lamentaban mucho no encontrarla allí al llegar para las vacaciones.

–Podemos cuidarnos solos –dijo Dick–. ¡Ana es una buena cocinera!

–Podemos ayudar todos –añadió Jorge. Su verdadero nombre era Jorgina, pero todo el mundo la llamaba Jorge.

Su madre sonrió.

–Bueno, Jorge, la última vez que cociste un huevo, lo dejaste dentro de la cacerola hasta que se secó. No creo que a los demás les guste tu manera de cocinar.

–Es que me olvidé de que el huevo estaba allí –protestó la niña–. Fui a buscar el reloj para calcular el tiempo y por el camino me acordé de que *Tim* no había cenado todavía y…

–Sí, ya lo sabemos –respondió su madre riéndose–. *Tim* cenó, no faltaba más, ¡pero tu padre tuvo que marcharse en ayunas!

–¡Guau! –ladró *Tim* bajo la mesa al oír su nombre. Lamió el pie de su ama para recordarle que se encontraba allí.

–Bien, volvamos a nuestro asunto –interrumpió el tío Quintín impacientándose–. Tengo que ir a ese congreso, eso es indiscutible. Tengo que presentar unas ponencias muy importantes. No es necesario que vengas conmigo, Fanny. Quédate con los niños.

–No hace falta que se quede –dijo Jorge–. Podemos hacer una cosa que nos apetece mucho, pero que habíamos pensado dejar para las vacaciones del verano.

–¡Oh, sí! –dijo Ana en el acto–. ¡Hagámoslo!

–Sí, a mí también me gustaría –corroboró Dick.

–Y bien, ¿de qué se trata? –preguntó la tía Fanny–. Estoy intrigada. Si es algo peligroso, no os lo permitiré. Así que decidme enseguida en qué consiste vuestro plan.

–¿Y cuándo hemos hecho nosotros algo peligroso? –gritó Jorge.

–Muchas veces –respondió imperturbable su madre–. Y ahora, ¿cuál es ese plan?

–No es nada del otro mundo –dijo Julián–. Únicamente que da la casualidad que nuestras bicicletas son muy buenas, tía Fanny, y vosotros nos regalasteis dos tiendas pequeñas por Navidad. Así que hemos pensado que sería divertido irnos con las bicis y las tiendas, y explorar un poco el campo.

–El tiempo está fantástico y nos lo pasaríamos muy

bien –añadió Dick–. Al fin y al cabo, si nos regalasteis las tiendas, esperaríais que las utilizáramos, tía Fanny. Aquí está nuestra oportunidad.

–Yo pensaba que las utilizaríais en el jardín o en la playa –dijo la tía Fanny–. La última vez que fuisteis a acampar iba el señor Luffy con vosotros para cuidaros. No creo que me guste demasiado la idea de que os vayáis solos con vuestras tiendas.

–Pero Fanny, Julián es perfectamente capaz de encargarse de los demás –intervino su marido con impaciencia–. ¡Déjalos ir! Seguro que Julián cuidará de todos y volverán a casa sanos y salvos!

–Gracias, tío –exclamó Julián, que no estaba acostumbrado a recibir cumplidos de su tío Quintín. Miró a los otros niños y sonrió–. Claro que me resultaría fácil manejar a este pequeño grupo..., aunque a veces Ana es un poco difícil.

Ana abrió la boca, indignada. Era la más pequeña y, en realidad, la única manejable. Captó la sonrisa de Julián y entendió que le estaba tomando el pelo. Le devolvió la sonrisa.

–Prometo portarme bien –dijo con un tono inocente al tío Quintín.

Este se mostró sorprendido.

–Yo creía que Jorge era la única difícil de... –empezó. Pero se detuvo al notar la mirada de advertencia de su mujer.

Cierto que su hija era difícil, pero el hecho de recordarlo no favorecería las cosas.

–Quintín, ¿no te das cuenta de que Julián habla en broma? –dijo su mujer–. Bueno, si crees de verdad que Julián se puede encargar de ellos y te parece bien que vayan de excursión en bicicleta con sus tiendas nuevas...

–¡Hurra! Entonces, está decidido –chilló Jorge, y empezó a golpear emocionada la espalda de Dick–. Nos vamos mañana, nos...

–¡Jorge! No es necesario chillar ni dar esos golpes –la amonestó su madre–. Sabes que a tu padre no le gusta y además has excitado a *Tim* también. Échate, *Tim*. ¡Mira cómo corre por la sala como un loco!

El tío Quintín se levantó para marcharse. Le molestaba que las comidas acabasen en un caos. Casi tropezó con el excitado *Tim* y salió de la sala aliviado. ¡Qué jaleo había en la casa cuando estaban los cuatro críos y el perro!

–¡Ay, tía Fanny!, ¿podemos de verdad marcharnos mañana? –preguntó Ana, con los ojos brillantes de alegría–. El tiempo es tan maravilloso en abril, casi hace tanto calor como en julio. Me parece que no necesitaremos llevarnos ropa de abrigo.

–Si eso es lo que pretendéis, ya podéis ir abandonando la idea –dijo la tía Fanny, con firmeza–. Hoy hace calor y está soleado, pero no se puede fiar uno de que en el mes de abril haya dos días seguidos iguales. Puede llover a cántaros mañana y nevar al día siguiente. Tendré que darte dinero, Julián, para que os alojéis en un hostal si alguna noche hace mal tiempo.

Los cuatro niños pensaron que el tiempo no estaría nunca lo bastante malo para eso.

–Será divertido, ¿verdad? –exclamó Dick–. Elegiremos dónde dormir cada noche y montaremos allí nuestras tiendas. Podremos ir en bici hasta medianoche si hay luz de luna y si nos apetece.

–¡Oooh! Ir en bici con luz de luna... Jamás lo he hecho –dijo Ana–. Eso suena fantástico.

–Bien, es una suerte que se os haya ocurrido algo divertido que hacer durante nuestra ausencia –comentó la tía Fanny–. Con los años que llevo casada con Quintín, y todavía me sorprende este tipo de confusiones. Bueno, bueno, manos a la obra y a decidir lo que os vais a llevar.

De repente, el más mínimo detalle se convirtió en un tema emocionante. Los cuatro niños corrieron a cumplir con sus tareas matinales, que consistía en hacer las camas y poner orden en sus habitaciones, chillando con todas sus fuerzas.

–¡Caramba! ¿Quién hubiese pensado que mañana estaríamos solos? –dijo Dick amontonando de cualquier manera las sábanas y las mantas.

–¡Dick! Yo te hago la cama –gritó Ana, horrorizada al ver con qué rapidez la estaba haciendo–. ¡No puedes dejarla así!

–¿Cómo que no puedo? –gritó Dick–. Espera y verás. Es más, haré la de Julián de la misma manera. Así que ya puedes marcharte y dedicarte a la tuya, Ana. Remete las esquinas, arregla la almohada, palmea el edredón. Haz lo que quieras con tu cama, pero déjame a mí arreglar la mía a mi manera. Cuando nos vayamos con las bicis, ya no tendrás que preocuparte de las camas. Enrollaremos el saco de dormir y se acabó.

Mientras hablaba había terminado su tarea, colocando la colcha completamente torcida y poniendo su pijama bajo la almohada. Ana se rio y fue a arreglar la suya. Se sentía muy emocionada. Le esperaban unos días soleados repletos de lugares extraños, bosques desconocidos, grandes y pequeñas colinas, riachuelos susurrantes, comidas al borde del camino, paseos en bicicleta bajo la

CAPÍTULO 2

Solos por el camino

Al día siguiente estaban todos preparados. La mayor parte del equipaje había sido ya empaquetado y atado a las bicicletas. Solo quedaban las mochilas, que cada niño debía llevar a la espalda. Las cestas contenían una gran variedad de comida para aquel día; Julián se encargaría de renovar las provisiones a medida que las fueran terminando.

—Supongo que habéis comprobado que los frenos funcionen bien —dijo el tío Quintín, pensando que debía demostrar cierto interés por los preparativos, y recordando que cuando él era niño y tenía una bicicleta, nunca lograba que los frenos estuviesen en buenas condiciones.

—Claro que van bien —respondió Dick—. Ni se nos ocurriría salir con las bicicletas sin comprobar los frenos y todo lo demás. Ya sabes que el Código de Circulación es muy estricto en esas cosas, y nosotros también.

El tío Quintín puso cara de no haber oído jamás hablar del Código de Circulación. Vivía en un mundo aparte, un mundo de teorías, números y diagramas. En ese momento se sentía impaciente por volver a él. A pesar de todo, esperó educadamente a que los niños ultimasen los preparativos y estuviesen listos.

–¡Adiós, tía Fanny! Me temo que no podremos escribirte, ni podrás ponerte en contacto con nosotros para hacernos saber dónde vais a estar –dijo Julián–. No importa. Que lo paséis bien.

–¡Adiós, mamá! No te preocupes por nosotros. Nos divertiremos mucho –gritó Jorge.

–¡Adiós, tía Fanny! ¡Adiós, tío Quintín!

–¡Hasta pronto, tía! ¡Nos vamos, tío!

Y se marcharon pedaleando por el camino que se alejaba de Villa Kirrin.

Los tíos se quedaron junto a la puerta sin dejar de saludar con la mano hasta que el pequeño grupo desapareció al torcer la esquina. *Tim*, trotaba al lado de Jorge, con sus largas y fuertes patas, entusiasmado ante la idea de poder correr a sus anchas.

–Bueno, ya estamos en camino –exclamó Julián al girar

la esquina–. ¡Qué suerte poder irnos solos! Me alegro de que el tío Quintín se haya despistado y haya organizado este lío.

–Será mejor que el primer día no hagamos muchos kilómetros –dijo Ana–. Si no, mañana tendré agujetas.

–No iremos lejos –dijo Dick–. Cuando te sientas cansada no dejes de decirlo... No importa dónde nos detengamos.

La mañana era muy cálida. Pronto los niños empezaron a sudar. Se quitaron sus chaquetas y las ataron alrededor de las cestas. Jorge, con su cabello corto y rizado ondeando al viento parecía más que nunca un chico. Todos iban con pantalón corto y camiseta, menos Ana, que llevaba una falda corta. Se arremangó la camiseta y los demás la imitaron.

Pedalearon kilómetros y kilómetros, disfrutando del sol y del aire libre. *Tim* corría tras ellos con la lengua colgando. Prefería correr por la hierba del camino cuando la había. Verdaderamente era un perro muy sensato.

Se detuvieron en un pueblecito llamado Manlington-Tovey. Había solo una tienda pero vendía de todo, o, al menos, eso parecía.

–Espero que vendan refrescos de jengibre –comentó Julián–. Llevo ya la lengua fuera, igual que *Tim*.

En la pequeña tienda había limonada, naranjada, zumo de lima, zumo de frutos rojos y refresco de jengibre. Resultaba difícil escoger entre tantas cosas. También vendían helados y pronto los niños se encontraron bebiendo refresco de jengibre mezclado con zumo de lima y comiendo unos deliciosos helados.

–*Tim* también tiene que tener su helado –dijo Jorge–. ¡Le encantan! ¿Verdad, *Tim*?

–¡Guau! –respondió *Tim*. Y se tragó su helado de dos grandes lametazos.

–Me parece un verdadero desperdicio darle helados a *Tim* –protestó Ana–. Se los traga tan deprisa que casi no los saborea. No, *Tim*. Baja de ahí. Voy a terminarme el mío sola y no dejaré nada para ti.

Tim se fue a beber agua de un tazón que la dueña de la tienda había puesto para él. Bebió y bebió, y después se dejó caer en el suelo jadeando.

Los niños compraron una botella de refresco de jengibre para más tarde y se marcharon. Pensaban tomarla con el almuerzo. Ya empezaban a pensar con placer en los sándwiches bien envueltos para ellos.

Ana vio unas vacas que pastaban en un prado al borde del camino.

–Tiene que ser horrible haber nacido vaca y comer

únicamente hierba insípida –le dijo a su prima–. Piensa en todo lo que se pierde una vaca. Jamás puede saborear un sándwich de huevo y lechuga, ni comer nunca un pastel de chocolate, ni un huevo cocido, y jamás puede beberse un vaso de refresco de jengibre. ¡Pobres vacas!

Jorge se echó a reír.

–¡Vaya tonterías piensas, Ana! –contestó–. Ahora me has hecho desear la comida aún más, hablando de sándwiches de huevo y refresco de jengibre. Sé que mamá nos ha preparado sándwiches de huevo y jamón.

–Ya está bien, niñas –intervino Dick, mientras se desviaba con su bicicleta hacia un pequeño campo tambaleándose peligrosamente–. No podemos continuar si vosotras habláis sin parar de comida. ¿Qué te parece si comiésemos ya, Julián?

Fue una comida estupenda, la primera celebrada en pleno campo. Estaban rodeados de prímulas, y les llegaba de algún lugar el suave perfume de unas violetas que no alcanzaban a ver. Un tordo cantaba incansable sobre un avellano, en tanto dos pinzones gritaban «¡pink-pink!» cada vez que cesaba su canto.

–¡La banda y la decoración preparadas! –dijo Julián señalando los pájaros y las prímulas–. ¡Y muy bonita, por cierto! Solo nos falta un camarero que nos traiga la carta.

Divisó entonces un conejo que los observaba inquisitivamente medio oculto, con sus largas orejas bien tiesas.

–¡Vaya, ahí está el camarero! –dijo Julián enseguida–. ¿Qué nos recomiendas hoy, conejito? ¿Empanada de conejo?

El animalillo echó a correr a toda velocidad. Había olido al perro y era presa del pánico. Los niños se rieron. Parecía que la sola mención de la empanada de conejo había bastado para asustarle.

Tim miró al animal que se alejaba, pero no hizo ademán de seguirle.

–¡*Tim*! Es la primera vez que veo que permites que un conejo se aleje de ti –dijo Dick–. Debes de estar cansado y acalorado. ¿Le has traído comida para él, Jorge?

–Claro que sí –respondió ella–. Le preparé sus sándwiches yo misma.

¡Y así era! Había comprado carne picada al carnicero, y había dispuesto para *Tim* doce sándwiches bien cortados y empaquetados.

Los demás se rieron. A Jorge no le importaba jamás trabajar para *Tim*. Este se tragó los sándwiches con ansia, aporreando el suelo con su rabo. Se sentaron y comieron alegremente, encantados de estar juntos al aire libre y disfrutando de una comida suculenta.

–¡Jorge, mira lo que estás haciendo! –gritó Ana de pronto–. ¡Te estás comiendo uno de los sándwiches de *Tim*!

–¡Madre mía! –exclamó Jorge–. ¡Ya me parecía a mí que sabía un poco fuerte! He debido de darle a *Tim* uno de los míos sin darme cuenta y me habré quedado con uno de los suyos. Lo siento, *Tim*.

–¡Guau! –aceptó *Tim* la disculpa con toda cortesía, recibiendo al tiempo uno de sus sándwiches.

–Al paso que va, no se dará cuenta de si se come veinte o cincuenta –observó Julián.

–Ya terminó todos los suyos, ¿verdad? Tened cuidado, porque ahora la emprenderá con los nuestros. ¡Caramba! ¡La orquesta ha empezado de nuevo!

Se quedaron un rato en silencio, escuchando al tordo que parecía decir: «¡Cuidado¡ ¡Cuidado! ¡Cuidado!...».

–Me recuerda a los cartelones esos que recomiendan prudencia –dijo Dick, y se recostó sobre un mullido cojín de musgo–. Vale, vale, pajarito. Iremos con cuidado, no te preocupes. Pero ahora vamos a echar una siestecita, así que no cantes demasiado fuerte.

–Sería buena idea descansar un poco –asintió Julián, bostezando–. Hemos avanzado mucho por ahora. No debemos cansarnos demasiado el primer día. Quítate de encima de mis piernas, *Tim*. Pesas demasiado con todos esos sándwiches que has engullido.

Tim obedeció. Se dirigió hacia Jorge y se dejó caer a su lado, lamiéndole la cara. Ella lo empujó.

–No seas tan pesado –observó, medio dormida–. Quédate en guardia como un buen perro y vigila que nadie nos robe las bicicletas.

Tim sabía muy bien lo que significaba «en guardia». Cuando escuchó las palabras, se sentó muy erguido, mirando a su alrededor y olfateando al mismo tiempo. ¿Alguien por allí? No. Ni se veía, ni se oía, ni se olía a ningún extraño. Se acostó otra vez, con una oreja bien tiesa y un ojo medio abierto. A Jorge siempre le maravillaba que pudiese dormir con un ojo y una oreja despiertos. Pensó comunicárselo a Dick y Julián pero se dio cuenta de que ambos estaban profundamente dormidos.

También ella se durmió. Nadie vino a molestarlos. Un pequeño petirrojo se acercó a ellos, mirándoles con curiosidad. Con su cabecita ladeada, parecía preguntarse si sería una buena idea arrancar unos cuantos pelos de la cola de *Tim* para su nuevo nido. La rendija en el ojo del perro se agrandó. ¡Lo pagaría caro el pajarillo si se atreviese a molestar a *Tim*!

El petirrojo se alejó volando. El tordo reanudó su canto y el conejo apareció de nuevo. *Tim* lanzó un pequeño ronquido. ¿Estaría despierto o dormido? El conejo no esperó a averiguarlo.

Eran ya las tres y media cuando fueron despertando, uno tras otro. Julián consultó su reloj.

–¡Vaya! Casi es la hora de la merienda –dijo.

Ana dejó escapar un grito.

–¡Oh, no! ¡Pero si acabamos de comer y estoy todavía llena!

Julián sonrió.

–Está bien. Nos guiaremos por nuestros estómagos y no por los relojes para nuestras comidas. Ana, levántate de una vez. Nos iremos sin ti si no te apresuras.

Empujaron las bicicletas fuera del campo de prímulas y montaron en ellas otra vez. Era un placer sentir el soplo de la brisa sobre sus rostros. Ana rezongó un poquito.

–¡Cielos! Ya tengo agujetas. ¿Tenemos que hacer muchos kilómetros más, Julián?

–No, no muchos. Creo que podríamos continuar hasta que nos apetezca merendar. Luego nos detendremos en el pueblo más próximo, compraremos lo necesario para la cena y el desayuno y luego buscaremos un buen sitio para montar nuestras tiendas esta noche. He visto en el mapa que hay un pequeño lago y he pensado que podríamos nadar un rato si lo encontramos.

A todos les pareció muy buena idea. Jorge pensó que no le importaría pedalear muchos kilómetros si al final podía nadar en un lago.

–Es un plan genial –aprobó–. Creo que deberíamos planear toda nuestra excursión alrededor de los lagos para poder nadar por la noche y por la mañana.

–¡Guau! –dijo *Tim*, corriendo al lado de la bicicleta de su dueña–. ¡Guau!

–*Tim* también está conforme –dijo Jorge, riéndose–. ¡Aunque no creo que se haya traído la toalla!

CAPÍTULO 3

Un día estupendo
y una noche estupenda

Los cinco se divirtieron mucho aquella tarde. Merendaron a las cinco y media y después compraron lo que necesitaban para la cena y el desayuno: panecillos, pasta de anchoas, una gran tarta de mermelada en una caja de cartón, naranjas, zumo de lima, una gran lechuga y algunos sándwiches de jamón... les pareció un buen surtido.

–Espero que no nos lo comamos todo para cenar y nos quedemos sin desayuno –dijo Jorge, colocando los sándwiches en la cesta de su bicicleta–. ¡Baja, *Tim*! Estos sándwiches no son para ti. Te he comprado un hueso enorme que te tendrá ocupado durante horas.

–Bueno, ten la precaución de no dárselo cuando nos vayamos a acostar –advirtió Ana–. Hace un ruido espantoso cuando se pone a roer huesos. No nos dejaría dormir.

–Nada en el mundo sería capaz de despertarme a mí esta noche –objetó Dick–. Creo que no me despertaría ni un terremoto. Estoy deseando meterme en mi saco de dormir.

–No creo que sea necesario montar las tiendas esta noche –dijo Julián, mirando al cielo que aparecía bien despejado–. Preguntaré a alguien qué han dicho en las noticias del pronóstico del tiempo. Me parece que podemos meternos tranquilamente en nuestros sacos de dormir, sin otro techo que el cielo.

–¡Qué fantástico! –exclamó Ana–. Será maravilloso estar tumbada y mirar las estrellas.

El pronóstico del tiempo era bueno. «Despejado y con temperaturas suaves».

–Bien –dijo Julián–. Eso nos ahorrará mucho trabajo. No nos molestaremos ni en desenvolver nuestras tiendas. A ver, ¿lo tenemos ya todo? ¿Creéis que deberíamos comprar más comida?

Las cestas de las bicicletas estaban llenas. Nadie pensó que fuera aconsejable intentar meter algo más en ellas.

–Podríamos guardar muchas más cosas si *Tim* llevase sus enormes huesos –se lamentó Ana–. La mitad de mi cesta va ocupada por ellos. Jorge, ¿no podrías idear algo para que *Tim* transportase su propia comida? Es lo bastante listo para hacerlo.

–Claro que es lo bastante listo –respondió su prima–. Pero demasiado tragón, Ana. Lo sabes muy bien. Si tuviese que llevarlo él, se lo comería todo de una vez. Los perros pueden comer a cualquier hora.

–¡Qué suerte tienen! –exclamó Dick–. Ojalá yo también pudiese hacerlo. Pero tengo que descansar entre las comidas.

–Ahora, ¡vamos al lago! –dijo Julián, plegando el mapa que había estado examinando–. Faltan unos nueve kilómetros para llegar. Se llama Charca Verde. Bueno, parece bastante más grande que una charca. ¡Qué bien nos vendrá el baño! ¡Tengo tanto calor y me siento tan pegajoso!

Alcanzaron el lago sobre las siete y media. El paisaje era maravilloso y cerca había una caseta que, con toda seguridad, servía durante el verano para ponerse los bañadores... Ahora estaba cerrada y las cortinas echadas sobre las ventanas.

–Supongo que podremos darnos un chapuzón –dijo Dick, dubitativo–. No estará prohibido, ¿verdad?

–No, no hay ningún cartel que lo prohíba –replicó Julián–. No encontraremos el agua muy templada, porque estamos todavía a mediados de abril. Pero bueno, no importa. Estamos acostumbrados a tomar duchas frías todas las mañanas, y además seguro que el sol la habrá templado un poco. Venga, vamos a ponernos los trajes de baño.

Se cambiaron detrás de los arbustos y luego corrieron hacia el lago. El agua les pareció verdaderamente muy fría. Ana no hacía más que entrar y salir y no se atrevía a adentrarse.

Jorge fue a nadar con los chicos y los tres regresaron contentos y felices.

–¡Brrrr, qué fría! –exclamó Dick–. ¡Venid! Echaremos una carrera. ¡Mirad a Ana! –añadió burlón–. Ya se ha vestido. *Tim*, ¿dónde estás? A ti no te molesta el agua fría, ¿verdad?

Se lanzaron en una loca carrera de un lado para otro, por los caminos que bordeaban el lago. Ana preparaba la cena. El sol había desaparecido, y a pesar de que la tarde era muy suave, el calor radiante del día se había desvanecido. Ana agradecía el jersey.

–La buena de Ana –comentó Dick cuando por fin se reunieron con ella, vestidos y con los jerséis puestos para calentarse–. Mirad, ya tiene la cena preparada. Eres fantástica, Ana. Estoy seguro de que si nos quedásemos aquí más de una noche, Ana se las arreglaría para organizar una despensa, buscar un sitio que le sirviese de fregadero y otro donde guardar los plumeros y las escobas.

–Qué tonto eres, Dick –respondió Ana–. Deberías estar contento de que yo me preocupe de todo y os prepare la comida. ¡*Tim*, fuera de aquí! ¡Miradle! Ha salpicado toda la comida con miles de gotas de agua del lago. Jorge, tenías que haberle secado. Ya sabes cómo se sacude después de un baño.

–Lo siento –respondió Jorge–. *Tim*, di que lo sientes. ¿Por qué has de ser siempre tan impetuoso? Si yo me sacudiese como tú, me saldrían las orejas y los dedos volando por el aire.

La cena transcurrió tan feliz como la comida, sentados en la media luz del atardecer, observando cómo las primeras estrellas aparecían en el cielo. Tanto los niños como el perro se sentían cansados pero felices. Era el principio de la excursión y los principios siempre resultan perfectos. Parece que se tiene mucho tiempo por delante y se tiene la absoluta convicción de que el sol brillará todos los días.

Cuando terminaron la cena, no tardaron en acomodarse en el interior de sus sacos de dormir. Los habían dispuesto en fila para poder charlar. *Tim* estaba emocionado. Se dedicó a pasearse a conciencia por encima de ellos, y todos lo recibieron con chillidos y amenazas.

–¡*Tim*! ¡Cómo te atreves! ¡Y con lo que he comido!

–¡*Tim*! ¡Bruto! ¡Quita enseguida tus enormes patazas de encima de mí!

–Jorge, ¡caramba!, podrías hacer algo para que *Tim* dejara de pasearse encima de nosotros. Espero que no se le ocurra hacerlo durante toda la noche.

Tim parecía muy sorprendido de aquellos gritos. Se tumbó junto a Jorge, después de intentar, en vano, meterse en su saco. Jorge alejó su cara del alcance de sus lametones.

–*Tim*, te quiero mucho, pero me gustaría que no me mojases tanto la cara. Julián, mira qué estrella tan maravillosa. Parece una lamparita redonda. ¿Cómo se llama?

–No es una estrella, es Venus, un planeta –respondió Julián, medio dormido–. Pero le llaman «estrella de la tarde» o «lucero vespertino». Tendrías que saberlo, Jorge. ¿No os enseñan nada en vuestro colegio?

Jorge intentó dar una patada a Julián a través de su saco sin conseguirlo. Abandonó el intento, y bostezó con tanta fuerza que contagió a todos los demás.

Ana fue la primera en quedarse dormida. Era la más pequeña y se cansaba antes que los demás en los paseos largos, a pesar de que siempre los seguía valientemente. Jorge, por un momento, contempló con intensa atención el brillante lucero vespertino y luego cayó en un profundo sueño. Julián y Dick charlaron aún durante un rato. *Tim* permanecía inmóvil. Estaba muy cansado después de correr tantos kilómetros.

Nadie se movió durante la noche, ni siquiera *Tim*. No se enteró de que un grupo de conejos jugueteaban no lejos de allí. Apenas alzó una oreja cuando un búho ululó desde un lugar cercano. Ni siquiera se movió cuando un escarabajo pasó corriendo sobre su cabeza.

Sin embargo, con solo que Jorge se hubiera despertado y hubiera pronunciado su nombre, *Tim* se hubiese despertado de inmediato, se hubiese echado sobre ella y la hubiera llenado de lametones sin dejar de gimotear. Jorge era el centro de su universo, de noche y de día.

Al día siguiente, el tiempo apareció despejado y radiante. Daba gusto despertarse y sentir el calor del sol en las mejillas y oír cantar un tordo. «Quizá sea el mismo tordo de ayer –pensó Dick, soñoliento–. Nos está diciendo: "¡Cuidado! ¡Cuidado", igual que hacía el otro».

Ana se incorporó con cuidado. No sabía si levantarse y preparar el desayuno o si irían primero a tomar un baño.

Julián se incorporó después y bostezó, al mismo tiempo que se deslizaba fuera del saco. Sonrió a Ana.

—¡Hola! —dijo—. ¿Descansaste bien? ¡Yo me encuentro estupendamente esta mañana!

—Yo tengo agujetas —respondió Ana—, pero ya se me pasarán. ¡Eh, Jorge! ¿Estás despierta?

Jorge refunfuñó algo entre dientes y se acurrucó mejor dentro del saco de dormir. *Tim* alargó la pata hacia ella, gruñendo. Quería que se levantara y fuera a correr con él.

—¡Cállate, *Tim*! —ordenó Jorge desde el fondo del saco—. ¿No ves que estoy dormida?

—Voy a bañarme —dijo Julián—. ¿Quién se apunta?

—Yo no, desde luego —replicó Ana—. El agua estará demasiado fría para mí esta mañana. Tampoco creo que le apetezca a Jorge. Id vosotros, chicos. Yo prepararé el desayuno para cuando volváis. Lástima que no pueda preparar nada caliente para beber, pero hemos olvidado traer algún cacharro para hervir agua.

Julián y Dick se alejaron hacia la Charca Verde todavía medio dormidos. Ana abandonó su saco de dormir y se vistió a toda prisa. Luego fue al lago armada con su esponja y su toalla a fin de despabilarse del todo con el agua fría. Jorge seguía aún en el saco de dormir.

Los dos niños estaban cerca del lago. ¡Ah! Ahora podían verlo entre los árboles, relumbrando como una brillante esmeralda verde. Parecía que les invitara a bañarse.

De repente descubrieron una bicicleta apoyada contra un árbol. La miraron asombrados. No era una de las suyas. Debía de pertenecer a otra persona.

Entonces oyeron chapoteos provenientes del lago y corrieron hacia él. ¿Quién se estaba bañando?

Había un chico en el agua, y su cabeza brillaba dorada y mojada bajo el sol de la mañana. Nadaba con energía a través del lago, dejando largas ondas detrás de él. De pronto, vio a Dick y Julián, y nadó hacia ellos.

–¡Hola! –saludó, saliendo del agua–. ¿Vosotros también venís a nadar? Es bonito mi lago, ¿no os parece?

–¿Qué quieres decir? ¿Es realmente tuyo, el lago? –preguntó Julián.

–Bueno, mío no. Es de mi padre, Thurlow Kent –respondió el muchacho.

Julián y Dick habían oído hablar de Thurlow Kent, uno de los hombres más ricos del país. Julián miró al chico poco convencido.

–Si es un lago privado no podemos usarlo –dijo.

–¡Oh, vamos! –gritó el chico, salpicándolos con agua fría–. ¿Hacemos una carrera hasta la otra orilla?

Los tres se lanzaron al lago, surcando el agua verde con sus vigorosos y bronceados brazos. ¡Qué comienzo tan formidable para un día soleado!

CAPÍTULO 4

Ricardo

Ana se sorprendió al ver tres chicos en la Charca Verde, en lugar de dos. Se quedó al borde del agua, mirándolos, con su esponja y su toalla en la mano. ¿Quién era el tercer chico?

Los tres regresaron a la orilla. Ana se acercó y miró al extraño con timidez. No era mucho mayor que ella, ni tan alto como Julián o Dick. Pero era de constitución fuerte y tenía unos risueños ojos azules que le agradaron enseguida. El chico se echó hacia atrás el pelo mojado.

–¿Es vuestra hermana? –pregunto a Julián y Dick–. ¡Hola!

–¡Hola! –dijo Ana, sonriéndole–. ¿Cómo te llamas?

–Ricardo –contestó él–. Ricardo Kent. Y tú, ¿cómo te llamas?

–Ana –respondió ella–. Estamos haciendo una excursión en bicicleta.

Los niños no habían tenido tiempo de presentarse todavía. Aún jadeaban por efecto de la carrera.

–Yo soy Julián, y este es mi hermano Dick –dijo Julián casi sin aliento–. Espero que no hayamos cometido una infracción al acampar en tu tierra y bañarnos en tu agua.

Ricardo sonrió.

–Bueno, de hecho sí. Pero yo os doy permiso. Podéis aprovecharos de mi tierra y de mi lago todo el tiempo que queráis.

–Gracias –dijo Ana–. Supongo que es propiedad de tu padre. No hay ninguna señal que diga «Privado», así que no podíamos saberlo. ¿Te gustaría desayunar con nosotros? Si te vistes con los demás, ellos te guiarán adonde hemos acampado esta noche.

Ana se lavó la cara y las manos con la esponja mojada, escuchando cómo los niños charlaban detrás de los arbustos donde habían dejado sus ropas. Luego fue corriendo hacia el campamento para recoger los sacos de dormir y preparar un buen desayuno. Pero Jorge todavía estaba durmiendo en su saco de dormir. Solo se le veía la cabeza con sus cortos rizos que la hacían parecer un chico.

–¡Jorge, despierta! Va a venir alguien a desayunar –le advirtió Ana, sacudiéndola.

Jorge se desprendió de sus manos, enfadada, sin creer sus palabras. Sin duda trataba de engañarla para que se levantase y la ayudase a preparar el desayuno. Ana la dejó en paz: «Muy bien. ¡Que la encuentren en el saco de dormir, si lo prefiere!».

Empezó a sacar la comida y arreglarla con sumo cuidado. ¡Qué buena idea habían tenido al traer dos botellas más de zumo de lima! Ahora podrían ofrecerle una a Ricardo.

Los tres niños llegaron, con el cabello mojado. Ricardo vio a Jorge en su saco de dormir, mientras *Tim* acudía a saludarle. Acarició al perro. Este adivinó por el olfato que el niño se rodeaba de perros en su casa. Así que lo olió con gran interés.

–¿Quién es ese que duerme todavía? –preguntó Ricardo.

–Es Jorge –contestó Ana–. Tiene demasiado sueño para despertarse. Adelante, ya tengo el desayuno preparado. ¿Os gustaría empezar con panecillos untados con pasta de anchoa y con lechuga? Hay también zumo de lima, si os apetece.

Jorge oyó la voz de Ricardo, que se había sentado

con los demás, y se sorprendió. ¿Quién era ese? Se sentó, parpadeando, con su corto pelo alborotado alrededor de su cabeza como un halo. Ricardo pensó que se trataba de un chico. Desde luego lo parecía y además se llamaba Jorge.

–Buenos días, Jorge –le dijo–. Espero que no me esté comiendo tu parte del desayuno.

–¿Y tú quién eres? –preguntó Jorge.

Los chicos se lo dijeron.

–Vivo a unos cinco kilómetros de aquí –explicó Ricardo–. Vine esta mañana en mi bicicleta para nadar un rato. Un momento... Esto me recuerda que sería mejor que me trajese la bici aquí y la dejase en un sitio desde donde la pueda vigilar.

Corrió a buscar la bicicleta. Jorge aprovechó para salir corriendo de su saco de dormir y vestirse. Pronto estuvo lista y se puso a desayunar. Ricardo llegó montado en su bicicleta.

–Ya la tengo –dijo, y saltó al suelo–. No quisiera por nada del mundo tener que decirle a mi padre que también he perdido esta, como las otras. Tiene bastante mal genio.

–Mi padre también –confesó Jorge.

–¿Te pega? –preguntó Ricardo, a la vez que le alargaba a *Tim* un trocito de panecillo con pasta de anchoa.

—Claro que no —respondió Jorge, muy digna—. Solo tiene mucho carácter.

—El mío tiene mal carácter, rabia, furia, todo lo que queráis. Si alguien le ofende, es como un elefante, no lo olvida jamás. Se ha hecho muchos enemigos en su vida. Lo han amenazado de muerte y ha tenido que contratar un guardaespaldas.

Aquello sonaba de lo más emocionante. Dick medio deseó tener un padre como aquel. Sería divertido hablar con sus compañeros del colegio acerca del guardaespaldas de su padre.

—¿Cómo es un guardaespaldas? —preguntó Ana con curiosidad.

—Pues... varían. Pero todos son tipos grandes y fuertes. Tienen aspecto de matones, y probablemente lo son —continuó Ricardo, disfrutando del interés que había despertado en los demás—. Uno que tenía el año pasado era horroroso de verdad. Tenía los labios más gruesos que hayáis visto jamás y una nariz tan grande que, cuando lo mirabas de perfil, parecía que se había puesto una nariz postiza de broma.

—¡Oh! —exclamó Ana—. Eso suena espantoso. ¿Lo tiene todavía tu padre?

—No, un día hizo algo que le molestó, aunque no sé

qué, y después de una pelea de miedo mi padre lo despidió –dijo Ricardo–. No hemos sabido nada más de él. La verdad, yo me alegro, porque le odiaba. Siempre estaba dando patadas a los perros.

–¡Qué bestia! –exclamó Jorge, horrorizada.

Puso su brazo alrededor de *Tim*, como si temiese que alguien estuviera a punto de propinarle una patada a él también.

Julián y Dick no sabían si debían creerse todo aquello. Llegaron a la conclusión de que las historias de Ricardo eran bastante exageradas y continuaron escuchándole divertidos, pero no impresionados como las chicas, que creían todo lo que les contaba Ricardo.

–¿Dónde está tu padre ahora? –preguntó Ana–. ¿Tiene algún guardaespaldas especial en este momento?

–¡Desde luego! Esta semana está en Estados Unidos, pero pronto vuelve a casa, con su guardaespaldas de turno –dijo Ricardo, bebiéndose hasta la última gota del zumo del lima–. ¡Caramba! ¡Qué bueno está esto! Qué suerte tenéis de que os dejen ir solos con vuestras bicis y de poder dormir donde os dé la gana. Mi madre jamás me lo permitiría. Siempre tiene miedo de que me ocurra algo.

–Quizá sería conveniente que contratasen un guardaespaldas también para ti –sugirió Julián con picardía.

–Ya me encargaría yo de despistarlo –aseguró Ricardo–. De todos modos, tengo ya una especie de guardaespaldas.

–¿Quién? ¿Dónde? –preguntó Ana, mirando a su alrededor como si esperase ver aparecer de pronto un enorme matón.

–Bueno..., se supone que es mi tutor durante las vacaciones –explicó Ricardo, haciéndole cosquillas a *Tim* detrás de las orejas–. Se llama Lomax y es una persona espantosa. Me exige que lo ponga al corriente cada vez que salgo, como si fuese un niño pequeño como Ana.

Ana se ofendió.

–Yo no tengo que pedir permiso a nadie cuando quiero salir sola –protestó.

–De todos modos, no creo que tampoco a nosotros nos permitieran ir solos de excursión si no tuviésemos a *Tim* –confesó Dick honradamente–. Es mejor que ningún guardaespaldas y que ningún tutor. ¿Por qué no tienes un perro?

–¡Oh! Tengo cinco por lo menos –replicó Ricardo orgulloso.

–¿Cómo se llaman? –preguntó Jorge, desconfiada.

–Esto... *Bunter, Biscuit, Brownie, Bones* y... y... *Bonzo* –dijo Ricardo con una sonrisa.

–¡Qué nombres tan tontos! –comentó Jorge con desdén–. Imagínate llamarle a un perro *Biscuit*. Debes de
estar mal de la cabeza.

–Tú te callas –saltó Ricardo, enfurecido–. No con-
siento que nadie me diga que estoy mal de la cabeza.

–Tendrás que consentírmelo a mí –insistió Jorge–.
Sigo pensando que es una estupidez llamarle *Biscuit* a
un pobre perro.

Julián intervino:

–Callaos los dos, y dejad de portaros como idiotas.
Bien, ¿dónde está el mapa? Ya es hora de que le echemos
una mirada para decidir qué hacemos hoy, hasta dónde
llegaremos y dónde pasaremos la noche.

Afortunadamente, Jorge y Ricardo se conformaron
de buen grado... Pronto las seis cabezas, incluyendo
la de *Tim*, se hallaban inclinadas sobre el mapa. Julián
tomó una determinación.

–Iremos hacia el Bosque de Middlecombe. ¿Veis? Está
aquí, en el mapa. Ya está decidido. Será un buen paseo.

Puede que, en efecto, fuera un buen paseo. Pero iba a
ser mucho más que eso.

CAPÍTULO 5

Seis en vez de cinco

–Escuchad –dijo Ricardo cuando estaban recogiéndolo todo, guardando la basura en una bolsa de plástico y comprobando que ninguno llevara alguna rueda deshinchada–. Escuchadme. Tengo una tía que vive de camino a esos bosques. Si consigo el permiso de mi madre, ¿me dejaréis ir con vosotros? Así puedo ir a visitar a mi tía.

Julián miró a Ricardo poco convencido. No estaba muy seguro de que fuera realmente a pedir el permiso.

–No nos importa que vengas con nosotros, claro, pero no tardes mucho. Podemos dejarte en casa de tu tía de paso.

–Iré corriendo a pedirle permiso a mi madre –dijo Ricardo con entusiasmo, y corrió a coger su bicicleta–. Nos encontraremos en Croker's Corner, lo habéis visto en el mapa. Eso nos ahorrará tiempo, porque así no tendré que volver atrás. No queda muy lejos de mi casa.

–Muy bien –dijo Julián–. Tengo que ajustar los frenos y eso me llevará por lo menos diez minutos. Tienes tiempo de ir a tu casa, pedir permiso y reunirte luego con nosotros. Te esperaremos unos diez minutos en Croker's Corner. Si no llegas, comprenderemos que no lo conseguiste. Dile a tu madre que te dejaremos sano y salvo en casa de tu tía.

Ricardo salió a toda velocidad en su bicicleta, muy emocionado. Ana lavó los platos y Jorge la ayudó. *Tim* se metió entre los pies de todo el mundo, husmeando en busca de migajas.

–Cualquiera diría que continúa hambriento –comentó Ana–. ¡Si desayunó mucho más que yo! *¡Tim!* Si te metes otra vez entre mis piernas, te ato.

Julián ajustó sus frenos con ayuda de Dick. En un cuarto de hora estaban preparados para ponerse en marcha. Habían planeado ya dónde se detendrían a comprar comida y, aunque el camino hacia Middlecombe era más largo del que habían recorrido el día anterior, se sentían capaces de recorrer más kilómetros el segundo día. *Tim* también estaba deseoso de empezar a correr. Era un perro grande y disfrutaba con el ejercicio.

–A ver si en estos días consigues perder un poco de grasa –dijo Dick a *Tim*–. No nos gustan los perros gordos, ¿sabes? Caminan como patos y resoplan.

–¡Dick! *Tim* jamás ha sido gordo –dijo Jorge, indignada.

Pero se calló en cuanto advirtió la sonrisa de su primo. Le estaba tomando el pelo como de costumbre. Ojalá se hubiera mordido la lengua. ¿Por qué tenía que enfurecerse cada vez que Dick se burlaba de ella metiéndose con *Tim*? Le asestó un amistoso puñetazo de protesta.

Montaron en las bicicletas. El perro echó a correr el primero, contento. Llegaron a un camino y descendieron por él, evitando los baches. No era una carretera principal porque a los niños no les gustaban. Había demasiado tráfico. Preferían las carreteras secundarias y los caminos, donde solo encontraban algún que otro coche de un granjero o algún carro.

–Cuidado, no pasemos de largo Croker's Corner –advirtió Julián–. Según el mapa tiene que estar por aquí. Jorge, si sigues metiéndote en todos los baches, saldrás disparada de la bici.

–¡Ya lo sé! –exclamó Jorge–. Pero *Tim* se pone delante de la rueda. Debe de andar tras un conejo o algo por el estilo. ¡Tonto, no te quedes atrás!

Tim siguió de mala gana al pequeño grupo. El ejercicio es algo maravilloso, pero implica dejar atrás muchos olores que surgen junto al camino. Para *Tim* era una pérdida tremenda de rastros.

Llegaron a Croker's Corner antes de lo previsto. Una señal indicaba el nombre y allí, apoyado contra el poste y montado en su bicicleta, encontraron a Ricardo, radiante de alegría.

–Has hecho bastante deprisa el camino. Creí que te llevaría más tiempo ir a casa y volver hasta aquí –dijo Julián–. ¿Qué te ha dicho tu madre?

–No le importa que pase el día con vosotros –contestó Ricardo–. Me ha dado permiso para pasar la noche en casa de mi tía.

–¿No traes pijama ni nada? –preguntó Dick.

–Siempre hay alguno en casa de mi tía –explicó Ricardo–. ¡Vamos! Será genial pasar todo el día con vosotros, sin el señor Lomax para darme la lata con esto o con lo otro. ¡Adelante!

Partieron todos juntos en las bicicletas. Ricardo intentó avanzar de tres en fondo. Julián le advirtió que a los ciclistas no se les permitía hacer eso.

–No importa –rechazó Ricardo, que parecía muy alegre–. ¿Quién nos lo puede impedir?

—Yo te lo impediré —dijo Julián, y Ricardo dejó de sonreír en el acto.

Julián podía mostrarse muy severo cuando se lo proponía. Dick guiñó un ojo a Jorge, que a su vez se lo guiño a él. Los dos habían llegado a la conclusión de que Ricardo era un niño muy mimado y le gustaba salirse con la suya. Sin embargo, no lo conseguiría si se enfrentaba con Julián.

A las once se pararon en un pueblecito para tomar helados y bebidas. Ricardo parecía tener mucho dinero. Insistió en comprar helados para todos, *Tim* incluido.

Después compraron provisiones para la comida del mediodía: pan tierno, mantequilla fresca, crema de queso, escarola, rabanitos y cebolletas. Ricardo compró un magnífico pastel de chocolate que vio en una pastelería cara.

—¡Eso ha debido de costarte una fortuna! —exclamó Ana—. ¿Cómo vamos a llevarlo? No cabe en ninguna de las cestas.

—¡Guau! —se ofreció *Tim* con anhelo.

—¡Ah, no! No permitiré que lo lleves tú —dijo Ana—. Me parece que tendremos que partirlo por la mitad y llevarlo entre dos. ¡Es un pastel tan enorme!

De nuevo emprendieron el camino y pronto se encontraron en pleno campo. Cada vez había menos pueblos y había más distancia entre ellos. De cuando en cuando se veía, en alguna colina, una granja con vacas, ovejas y aves de corral. Un escenario tranquilo y apacible, con el sol derramándose sobre todo y el cielo azul de abril salpicado por alguna que otra nube de algodón.

—¡Es fantástico! —dijo Ricardo—. ¿*Tim* no se cansa nunca? En este momento jadea que da pena.

—Sí, creo que tendríamos que buscar ya un sitio apropiado para la comida —respondió Julián mirando el reloj—. Hemos recorrido bastante esta mañana. Claro que la mayor parte del trayecto ha sido cuesta abajo. Esta tarde seguramente iremos más lentos porque llegaremos a la zona de colinas.

Encontraron un lugar para la comida. Escogieron la parte soleada de un seto que dominaba un precioso valle. Un sinfín de ovejas y corderos los rodeaban. Los corderillos los miraban con ojo escrutador y uno de ellos se acercó a Ana balando.

—¿Quieres un trocito de pan? —le preguntó la niña, y se lo tendió.

Tim observaba indignado. ¡Mira que dar de comer a esas tontas criaturas! Gruñó un poco y Jorge tuvo que ordenarle que se callase.

Pronto todas las ovejas los rodearon sin temor. Incluso un cordero intentó poner sus patitas sobre los hombros de Jorge. ¡Aquello fue demasiado para *Tim*! Gruñó con tal furia que los pobres corderitos se alejaron a toda prisa.

–No seas celoso, *Tim* –le reprendió Jorge–. Toma este sándwich y pórtate bien. Has asustado a los corderos y ya no querrán volver.

Despacharon toda la comida, acompañada por el zumo de lima y el refresco de jengibre. El sol calentaba mucho. Pronto estarían todos quemados si no iban con cuidado. ¡Qué maravilla! Julián pensó que era una verdadera suerte gozar de un tiempo tan estupendo. Hubiese sido espantoso tener que pedalear todo el día bajo la lluvia.

Una vez más los niños echaron una siestecita al sol. También Ricardo. Los corderitos volvieron a acercarse cada vez más. Uno de ellos casi saltó sobre Julián, que se despertó sobresaltado.

–*Tim* –empezó–, si vuelves a pisarme voy a...

Entonces descubrió que no era *Tim*, sino un corderito. Julián se rio. Se quedó sentado un momento, mirando cómo jugaban los blancos animalitos. Luego se volvió a tumbar.

—¿Falta mucho para la casa de tu tía? —preguntó Julián a Ricardo así que volvieron a montar en las bicicletas.

—Si estamos cerca de Great Giddings, pronto llegaremos —contestó Ricardo. Intentó avanzar sin cogerse del manillar y por poco acabó en la cuneta—. No lo vi en el mapa.

Julián intentó recordar.

—Sí, creo que estaremos en Great Giddings sobre la hora de la merienda..., a las cinco o así. Si quieres podemos dejarte en casa de tu tía para la merienda.

—¡Oh, no, gracias! —dijo Ricardo rápidamente—. Prefiero merendar con vosotros. ¡Cuánto me gustaría hacer esta excursión con vosotros! ¿Podría? ¿Por qué no llamas a mi madre y se lo preguntas?...

—No seas burro —rechazó Julián—. Merienda con nosotros si quieres, pero después te dejaremos en casa de tu tía, tal como convinimos. Nada de tonterías sobre el asunto.

Llegaron a Great Giddings sobre las cinco y diez. A pesar de su nombre —*Great* significa 'grande' en inglés—, era muy pequeño. Había una cafetería donde anunciaban: «Pasteles y mermeladas caseras». Así que entraron a merendar allí.

La señora que les atendió era gordita y alegre, y le

gustaban los niños. Comprendió que apenas le quedaría nada tras servir la merienda a aquellos cinco niños rebosantes de salud. Pero no le importó. Puso manos a la obra y empezó a llenar tres grandes platos con rebanadas de pan con mantequilla. Sacó mermelada de albaricoque, frambuesa y fresa y una buena cantidad de pasteles. Al ver los preparativos, a los niños se les hizo la boca agua.

La dueña del establecimiento conocía bien a Ricardo, porque había merendado alguna vez en su casa, acompañado de su tía.

—¿Te quedarás con tu tía esta noche? —preguntó a Ricardo.

Este asintió con la cabeza, llena su boca de pastel de jengibre... Era una merienda estupenda. Ana pensó que, después de esto, le sería imposible probar bocado aquella noche. Incluso *Tim* parecía satisfecho por una vez.

—Creo que deberíamos pagarle doble por esta merienda tan deliciosa —dijo Julián.

La señora no lo aceptó de ninguna manera. No, no, daba gusto verles apreciar sus pasteles. No aceptó que le pagaran ni un céntimo más del precio marcado.

—Hay gente que es de verdad amable y generosa —comentó Ana tan pronto montaron en las bicicletas y se alejaron otra vez–. Uno no puede evitar cogerles cariño enseguida. Espero llegar a saber cocinar tan bien como ella cuando sea mayor.

–Si lo consigues, Julián y yo vendremos a vivir contigo –aseguró Dick, y todos se echaron a reír.

–¿Dónde está la casa de tu tía, Ricardo? –preguntó Julián.

–Allí enfrente –respondió Ricardo, dirigiéndose hacia una verja–. Bueno, muchas gracias por vuestra compañía. Espero volver a veros a todos muy pronto. Tengo el presentimiento de que así será. ¡Adiós!

Y desapareció por el camino.

–¡Qué despedida más repentina! –exclamó Jorge, desconcertada–. ¿No os parece raro?

CAPÍTULO 6

Acontecimientos extraños

Todos pensaron que, en efecto, resultaba un poco extraño que desapareciese de repente de aquella manera, despidiéndose con un simple «adiós». Julián se preguntó si no debería haberlo acompañado hasta la puerta de la casa para asegurarse de que llegaba bien.

–No seas tonto, Julián –respondió Dick con tono burlón–. ¿Qué te imaginas que le puede ocurrir desde la verja hasta la puerta de la casa?

–Nada, claro. Solo es que no me fío de ese chico –dijo Julián–. Hablando con franqueza: no estoy seguro de que le haya pedido permiso a su madre para venir con nosotros.

–Yo también lo pensé –asintió Ana–. Llegó demasiado pronto a Croker's Corner, ¿no os parece? Tenía un buen trecho de camino hasta llegar a su casa. Y algo tendría que haberse entretenido mientras encontraba a su madre, hablaba con ella y todo eso.

—Sí, me gustaría acercarme hasta la casa de su tía para ver si lo estaba esperando —dijo Julián.

Pero lo pensó mejor y no fue. Se hubiese sentido como un tonto en caso de encontrar a la tía con Ricardo. De manera que, después de discutir el asunto durante unos minutos, reanudaron la marcha. Deseaban llegar pronto al Bosque de Middlecombe porque no existía ningún pueblo desde Great Giddings. Tendrían que alcanzar el bosque y seguir adelante hasta tropezar con una granja para comprar alimentos para la cena y el desayuno. No habían podido hacerlo en Great Giddings porque aquel día las tiendas cerraban pronto y no habían querido pedirle a la buena señora de la cafetería que les vendiese algo. Ya se habían comido gran parte de su despensa.

Llegaron al bosque de Middlecombe. Descubrieron un lugar maravilloso para acampar aquella noche. Un pequeño valle, rodeado de prímulas y violetas, lejos de miradas indiscretas.

—¡Esto es precioso! —exclamó Ana—. Debemos de estar a muchos kilómetros de cualquier pueblo. Espero que encontremos alguna granja que nos venda comida. Ahora no tenemos hambre, pero la tendremos dentro de un rato.

–Creo que tengo un pinchazo –dijo Dick, examinando su rueda trasera–. Por suerte es pequeño. Pero no quiero arriesgarme a ir en busca de una granja antes de haberlo arreglado.

–Tienes razón –dijo Julián–. Ana tampoco hace falta que venga. Parece un poco cansada. Iremos Jorge y yo. No cogeremos las bicis. Por el bosque se anda mejor a pie. Quizá tardemos una hora o así, pero no os preocupéis. *Tim* nos guiará en el camino de vuelta. Así que no nos perderemos.

Julián y Jorge se marcharon, pues, caminando seguidos por *Tim*. Este también estaba cansado, pero nadie hubiera podido convencerle de que se quedase atrás con Dick y Ana. Tenía que ir con su amada Jorge.

Con todo cuidado, Ana ocultó su bici entre unos arbustos. Nunca se sabía si podía pasar alguien con intenciones de robar algo. Con *Tim* no había que preocuparse, porque se ponía a ladrar en cuanto oía acercarse a alguien a un kilómetro de distancia.

Dick dijo que iba a arreglar el pinchazo. Ya había localizado el agujero, producido por un pequeño clavo.

Ana se sentó cerca de su hermano para verle trabajar. Estaba contenta de poder descansar un poco. Se preguntaba si Julián y Jorge habrían encontrado alguna granja.

Dick trabajaba con ahínco para reparar el pinchazo. Había transcurrido una media hora, cuando de repente oyeron unos ruidos.

Dick levantó la cabeza y prestó atención.

–¿Oyes tú algo? –le preguntó a Ana.

La niña asintió.

–Sí, parece como si alguien gritase. ¿Qué estará pasando?

Los dos escucharon de nuevo. Entonces pudieron oír con claridad los gritos.

–¡Ayuda! ¡Julián! ¿Dónde estáis? ¡Socorro!

Se pusieron en pie de un salto. ¿Quién podía pedir ayuda a Julián? No era la voz de Jorge. Los gritos se fueron tornando cada vez más fuertes, hasta convertirse en verdaderos aullidos de pánico.

–¡Julián! ¡Dick!

–¡Parece Ricardo! –exclamó Dick, estupefacto–. ¿Qué puede querer? ¿Qué le habrá ocurrido?

Ana se había puesto pálida. No le gustaban ese tipo de cosas.

–¿Vamos... a buscarlo? –dijo.

Se oyó un ruido de ramas no muy lejos, como si alguien se abriese camino a través de la maleza. Reinaba la oscuridad entre los árboles y al principio Ana y Dick no lograban distinguir nada. Dick gritó con fuerza:

—¡Eh! ¿Eres tú, Ricardo? ¡Estamos aquí!

Se oyeron más ruidos de ramas.

—¡Ya voy! —se oyó la voz de Ricardo—. ¡Esperadme! ¡Esperadme, por favor!

Esperaron. Pronto oyeron llegar a Ricardo, tambaleante entre las matas que crecían al pie de los árboles.

—Estamos aquí —repitió Dick—. ¿Qué te pasa?

Ricardo tropezó en su prisa por llegar hasta ellos. Parecía medio muerto de miedo.

—Me siguen —jadeó—. Tenéis que salvarme. ¿Dónde está *Tim*? Él los morderá.

—¿Quién te sigue? —preguntó Dick, asombrado.

—¿Dónde está *Tim*? ¿Dónde está Julián? —gritó Ricardo, mirando a su alrededor con desesperación.

—Han ido a buscar una granja para comprar comida —contestó Dick—. Volverán pronto, Ricardo. Pero ¿qué pasa? ¿Te has vuelto loco?

El niño no prestó atención a sus preguntas.

—¿Adónde se fue Julián? Necesito a *Tim* enseguida. Dime por dónde se fueron. No puedo quedarme aquí. ¡Me cogerán!

—Se fueron hacia allí —dijo Dick, mostrándole el camino–. Puedes ver las huellas de sus zapatos. Ricardo, ¿qué...?

Pero Ricardo ya se había marchado. Corrió por el camino a toda la velocidad que le permitían sus piernas, llamando a voz en cuello:

–¡Julián! *¡Tim!*

Ana y Dick se miraron, sorprendidos. ¿Qué le había pasado a Ricardo? ¿Por qué no estaba en casa de su tía? ¡Parecía que se hubiera vuelto loco!

–No vale la pena correr tras él –opinó Dick–. Nos perderíamos y nos sería imposible regresar aquí otra vez. Y los demás, al no vernos, saldrían en nuestra búsqueda y se perderían también. ¿Qué le pasará a Ricardo?

–No hacía más que repetir una vez y otra que alguien le seguía –dijo Ana–. Tiene algo metido en la cabeza.

–¡Está como una cabra! –exclamó Dick–. Como una cabra loca. Asustará a Julián y a Jorge cuando aparezca ante ellos, si es que los encuentra. Seguramente no dará con ellos.

–Me subiré a ese árbol por si veo a Ricardo o a los demás –dijo Ana–. Es alto, pero fácil de escalar. Tú termina de reparar el pinchazo. ¡Me gustaría saber qué le pasa a Ricardo!

Dick volvió a su bici todavía desconcertado, mientras

Ana trepaba por el tronco del árbol. Lo hacía bien y pronto estuvo arriba. Oteó a su alrededor. Se veía una gran extensión de campos por un lado, y bosques por el otro lado. Miró hacia los campos, que se sumían ya en la sombra del atardecer, para ver si descubría alguna granja en las cercanías.

Pero no pudo ver nada.

Dick estaba terminando ya con su tarea cuando oyó un nuevo ruido en el bosque. ¿Sería acaso ese idiota de Ricardo que volvía sobre sus pasos? Escuchó.

El ruido se acercaba cada vez más. No era un chasquido como el que había provocado Ricardo, sino un sonido sigiloso, como si alguien se acercase con infinitas precauciones. A Dick no le hizo ninguna gracia. ¿Quién se acercaba? O mejor dicho, ¿qué se acercaba? ¿Podía tratarse de un animal salvaje, quizás un tejón con su pareja? El chico volvió a escuchar.

Silencio absoluto. No más movimientos. No más ruidos. ¿Lo habría imaginado todo? Ojalá Ana y los demás estuviesen con él. Tuvo un presentimiento. Algo estaba allí, en los oscuros bosques, esperando y acechando.

Decidió por fin que todo había sido producto de su imaginación. Pensó que lo mejor era encender el faro de la bicicleta. La claridad haría desaparecer sus ton-

tas ideas. Comenzó a tantear en el manillar. Encendió el faro y una luz débil pero muy reconfortante alumbró un pequeño círculo del valle.

Dick estaba a punto de llamar a Ana para contarle su absurdo temor, cuando los ruidos se iniciaron de nuevo. Ahora no había duda posible.

Una luz potente apareció a través de los árboles y cayó sobre Dick, que parpadeó, deslumbrado.

–¡Ah! Conque estás aquí, pequeño miserable –dijo una voz áspera, y alguien se acercó a grandes zancadas hacia él.

Alguien más le seguía.

–¿Qué quieren decir? –preguntó Dick, estupefacto.

No podía ver quiénes eran los hombres porque la luz le cegaba.

–Nos has hecho correr kilómetros. Y creíste que te escaparías, ¿eh? Pero te habríamos atrapado tarde o temprano –dijo la voz.

–No entiendo nada –exclamó Dick, algo enfadado–. ¿Quiénes son ustedes?

–No nos vengas con cuentos. Sabes muy bien quiénes somos –respondió la voz–: ¿Acaso no te escapaste chillando tan pronto como viste a Rooky? Él te siguió por un lado y nosotros por el otro. Pronto te hemos alcanzado, ¿verdad? Conque ahora, guapo, te vienes con nosotros.

Esta conversación aclaró algo a Dick. Por alguna razón, estaban buscando a Ricardo y lo confundían con él.

—Yo no soy el chico que ustedes buscan —les comunicó—. Lo sentirán de verdad si se atreven a tocarme.

—¿Cómo te llamas, entonces? —preguntó el primer hombre, con sorna.

Dick les dijo su nombre.

—Así que eres Dick, ¿eh? ¿Y no es Dick el diminutivo de Ricardo? No pretendas engañarnos con tus chiquilladas —dijo el primer hombre—. Tú eres el Ricardo que buscamos. Eres Ricardo Kent.

—Yo no soy Ricardo Kent —gritó furioso al notar la mano del hombre sobre su brazo—. ¡Suélteme! Espere que la policía se entere de esto.

—No se enterará —dijo el hombre—. ¡Vamos! No trates de escapar ni de gritar, o lo sentirás de veras. Una vez estés en el Nido del Búho ya nos ocuparemos de ti.

Ana estaba completamente petrificada, arriba en el árbol. No podía moverse ni hablar. Intentó llamar al pobre Dick, pero su lengua no respondió. La pobre niña se quedó allí sentada viendo cómo su hermano era arrastrado por los dos intrusos. Podía oír el ruido que hacían al alejarse.

Rompió a llorar. No se atrevía a bajar del árbol porque temblaba tanto que tenía miedo de caerse.

Esperaría a que Julián y Jorge regresaran. ¿Y si no volvían? ¿Y si a ellos también los habían cogido? Se pasaría toda la noche, sola, en el árbol. Ana sollozó aún más fuerte, abrazándose al tronco.

Las estrellas aparecieron sobre su cabeza y distinguió entre ellas la que brillaba más que las otras.

De pronto oyó un nuevo ruido de pisadas y voces. Se quedó rígida en su escondite. ¿Quién sería esta vez? «¡Por favor, que sean Julián, Jorge y *Tim*! ¡Que sean Julián, Jorge y *Tim*!», pensaba.

CAPÍTULO 7

Ricardo cuenta
una historia alarmante

Julián y Jorge consiguieron encontrar una pequeña granja escondida en un hueco de la montaña. Tres perros iniciaron un coro de furiosos ladridos al oírles aproximarse. *Tim* gruñó y el pelo se le erizó sobre el cuello. Jorge lo sujetó por el collar.

–No me acercaré más con *Tim* –decidió–. No quiero que sea atacado por tres perros a la vez.

Así pues, Julián se adelantó solo hacia la granja. Los perros ladraban de tal manera y se les veía tan furiosos que se detuvo en el patio. No temía a los perros, pero aquellos no parecían muy amistosos, sobre todo un gran mestizo, que enseñaba los dientes con fiereza.

Una voz le llamó.

–¡Oye, tú! ¡Lárgate! No queremos extraños por aquí.

Cuando vienen, nuestros huevos y nuestras gallinas desaparecen.

–¡Buenas noches! –gritó Julián cortésmente–. Somos cuatro niños que estamos acampados en el bosque por esta noche. ¿Podría darnos usted un poco de comida? Se la pagaré bien.

Hubo una pausa. El hombre retiró la cabeza de la ventana a través de la cual había estado hablando él. Era evidente que consultaba con alguna otra persona. Volvió a sacar la cabeza.

–Ya te he dicho que no nos gustan los extraños. Nunca nos han gustado. No tenemos más que pan y mantequilla, aunque podríamos darte también unos huevos duros, leche y un poco de jamón. Eso es todo.

–¡Estupendo! –dijo Julián alegremente–. Justo lo que nos gustaría. ¿Puedo entrar a recogerlo?

–No, a no ser que pretendas que los perros te despedacen. Espérate ahí. Yo saldré cuando los huevos estén cocidos.

–¡Uf! –exclamó Julián volviendo al lado de Jorge–. Eso quiere decir que tendremos para rato. ¡Qué hombre más desagradable! No me gusta mucho este sitio, ¿y a ti?

Jorge se mostró de acuerdo con él. Estaba muy mal cuidado. El granero se caía a pedazos y se veían trozos oxidados de maquinaria por todas partes sobre la maleza. Los tres perros continuaron ladrando, pero no se acercaron. Jorge siguió sujetando a *Tim*, que estaba con todo el pelaje erizado.

–¡Qué sitio más solitario! –dijo Julián–. Se diría que no hay otra casa en muchos kilómetros. Y para colmo, sin teléfono. Me pregunto cómo se las arreglarán si alguno enferma o tiene un accidente y necesita ayuda.

–Espero que se den prisa con la comida –dijo Jorge, nerviosa–. Pronto habrá oscurecido por completo. Además, empiezo a tener hambre.

Por fin un hombre con barba, encorvado y viejo, con el pelo desaliñado y bastante cojo, salió de la granja en ruinas.

Tenía una cara sombría y fea. Ni a Julián ni a Jorge les gustó lo más mínimo.

–Aquí tenéis –dijo, empujando a sus tres perros hacia atrás–. ¡Fuera, vosotros!

Le asestó una patada al que estaba más cerca y el animal chilló de dolor.

–¡Oh! No lo haga –exclamó Jorge–. Le ha hecho usted daño.

–Es mi perro, ¿no? –respondió el hombre, enfadado–. Tú métete en tus asuntos.

Dio una patada a otro perro, mirando ceñudo a Jorge.

–¿Qué hay de la comida? –preguntó Julián, alargando la mano, deseoso de marcharse antes de que las cosas se pusieran feas entre *Tim* y sus congéneres–. Jorge, llévate a *Tim* un poco hacia atrás. Está poniendo nerviosos a los perros.

–¡Bueno! Esa sí que es buena –protestó Jorge–. Son los otros perros los que le ponen nervioso a él.

Arrastró a *Tim* unos metros hacia atrás. El animal se quedó allí con los pelos erizados alrededor del cuello, gruñendo de una forma horrible.

Julián cogió la comida, que estaba muy mal empaquetada en un papel marrón.

–Gracias –dijo–. ¿Cuánto le debo?

–Cinco libras –contestó el hombre sorprendentemente.

–No diga tonterías –dijo Julián. Miró la comida–. Le daré una y es más de lo que vale. Apenas si hay un poquito de jamón.

–He dicho cinco libras –insistió el hombre con terquedad.

Julián le miró. Pensó que debía de estar loco. Devolvió la comida al horrible viejo.

–Aquí la tiene –determinó–. No tengo cinco libras

para pagarle por esta comida. Una libra es cuanto le puedo dar. Buenas noches.

El viejo le devolvió el paquete, tendiendo otra vez la mano en silencio. Julián rebuscó en su bolsillo y sacó una moneda. La depositó en la sucia palma del hombre, preguntándose por qué le habría pedido una suma tan elevada. El viejo guardó el dinero en su bolsillo.

–¡Fuera de aquí! –dijo de repente con voz enfadada–. No queremos a extraños rondando por aquí, para que roben nuestras cosas. Soltaré a los perros si volvéis de nuevo.

Julián dio la vuelta para marcharse, temiendo que el hombre cumpliese su amenaza. El viejo se quedó allí, en la semioscuridad, rezongando insultos, mientras ellos se alejaban del patio.

–¡Bueno! ¡Si se ha creído que vamos a volver...! –empezó Jorge, furiosa por la manera en que los habían tratado–. Está loco de remate.

–Sí. Y tampoco me gusta su comida –corroboró Julián–. Pero no nos queda más remedio que aguantarnos por esta noche.

Siguieron a *Tim* a través del bosque. Se sentían contentos de llevarlo con ellos, porque de otro modo se hubiesen perdido. *Tim* conocía el camino. Una vez que pasaba por un sitio, lo recordaba para siempre. Ahora corría delante de ellos, husmeando aquí y allá, y a veces esperando a que los niños le alcanzasen.

De repente se puso rígido y gruñó en un tono bajo. Jorge lo asió por el collar. Alguien se estaba acercando.

Sí, en efecto, alguien se acercaba. Era Ricardo, que les buscaba. Seguía gritando y chillando y el ruido que hacía había llegado a los agudos oídos de *Tim*. Pronto Julián y Jorge lo oyeron también mientras aguardaban a que hiciese su aparición.

—¡Julián! ¿Dónde estás? ¿Dónde está *Tim*? Quiero a *Tim*. Me siguen, de verdad. ¡Me siguen!

—¡Escucha! Parece Ricardo —exclamó Julián, sobresaltado—. ¿Qué hace aquí y chillando de esa forma? Algo le ha ocurrido. Espero que Ana y Dick estén bien.

Corrieron en dirección a los gritos tan deprisa como les fue posible en aquella penumbra. Pronto dieron con Ricardo, que ya no chillaba, pero se tambaleaba, casi sollozando.

—¡Ricardo! ¿Qué te pasa? —gritó Julián.

El niño corrió hacia él y se arrojó en sus brazos. *Tim* no se le acercó, sino que se quedó parado, sorprendido. Jorge lo miró aturdida.

¿Qué demonios había pasado?

–¡Julián! ¡Julián! ¡Tengo mucho miedo! –gritó Ricardo, agarrándose con fuerza a su brazo.

–¡Cálmate! –dijo Julián con voz tranquila, consiguiendo con ello calmar a Ricardo–. Juraría que estás armando un escándalo sin motivo. ¿Qué ha pasado? ¿Tu tía no estaba en casa y viniste corriendo hacia nosotros?

–Eso es. Mi tía no estaba –dijo Ricardo–. Ella...

–¿Conque no estaba? Pero ¿acaso tu madre no lo sabía cuando dijo que podías...?

–¡No le pedí permiso a mi madre para venir! –gritó Ricardo–. Ni siquiera volví a casa cuando vosotros pensasteis que iba a hacerlo. Me fui derecho hacia Croker's Corner y os esperé allí. Es que quería ir con vosotros y sabía que mi madre no me hubiera dejado de ningún modo.

Había un tono de desafío en su voz. Julián le miró muy molesto.

–Estoy avergonzado de ti –dijo–. ¡Contarnos tales mentiras...!

–No sabía que mi tía no estaba –intentó disculparse. Toda su valentía se había desvanecido al oír la voz desdeñosa de Julián–. Pensé que estaría en casa y que telefonearía a mamá para decirle que me había marchado de excursión con vosotros. Supuse que entonces podría acompañaros y... y...

–Y entonces nos dirías que tu tía no estaba en casa y así podrías venir con nosotros –terminó Julián todavía con desdén–. Un plan falso y ridículo. Te hubiera hecho volver atrás, lo sabes bien.

–Sí, ya lo sé. Pero mientras podía haber acampado durante toda una noche con vosotros –musitó Ricardo–. Jamás he hecho una cosa así. Yo...

–Bien. Dejemos eso. Lo que quiero saber ahora es de qué huías cuando llegaste corriendo, chillando y llorando –gritó Julián con impaciencia.

–¡Oh, Julián! ¡Fue horrible! –dijo Ricardo, y de pronto agarró de nuevo el brazo de Julián–. Mira, salía de la verja del jardín de mi tía hacia el camino que lleva al Bosque de Middlecombe cuando un coche se detuvo frente a mí. ¡Y vi quién estaba dentro del coche!

–Bueno, y ¿quién era? –preguntó Julián con ganas de sacudirle.

–¡Era... era Rooky! –respondió Ricardo con voz temblorosa.

–¿Y quién es Rooky? –preguntó Julián.

Jorge golpeó el suelo impacientemente. ¿Es que Ricardo era incapaz de relatar algo como es debido?

–¿No te acuerdas? Os hablé de él. Aquel hombre con labios gruesos y enorme nariz que hacía de guardaes-

paldas de mi padre el año pasado y que fue despedido
–explicó Ricardo–. Siempre juró que se vengaría de mi
padre y de mí también por irle con cuentos sobre él, dando motivo para despedirle. Así que cuando le vi dentro
del coche, me asusté.

–Ya veo –dijo Julián empezando a comprender–. ¿Qué
pasó entonces?

–Rooky me reconoció, dio la vuelta al coche y me
siguió –dijo Ricardo, temblando de nuevo al recordar el
espantoso paseo–. Pedaleé con todas mis fuerzas. Al llegar al Bosque de Middlecombe me desvié por el camino,
pensando que el coche no podría seguirme. Claro que
no pudo, pero los hombres saltaron fuera. Eran tres. A
los otros dos no los conocía. Y me persiguieron a pie.
Pedaleé y pedaleé hasta que tropecé con un árbol o algo
por el estilo y me caí. Empujé mi bici entre unos arbustos
y corrí al interior de la espesa maleza para esconderme.

–Continúa –ordenó Julián al ver que Ricardo se dete-
nía–. ¿Qué pasó luego?

–Los hombres se separaron. Rooky se fue a buscarme
por un lado y los dos hombres por el otro. Aguardé hasta que se hubieron marchado, entonces salí y corrí por el
camino. Esperaba encontraros. Buscaba a *Tim*, pensaba
que él saltaría sobre los hombres.

Tim gruñó. Claro que hubiese saltado sobre ellos.

—Aquellos dos debieron de esperar escondidos a que yo volviese a salir –prosiguió Ricardo–. Tan pronto como eché a correr, me siguieron. Les di esquinazo, los despisté y me escondí, y luego los fui esquivando ¡hasta que tropecé con Dick! Estaba reparando un pinchazo. Pero vosotros no estabais y yo buscaba a *Tim*. Sabía que pronto llegarían los hombres, así que seguí corriendo y por fin he dado con vosotros. Jamás me he sentido tan feliz en mi vida.

Era una historia extraordinaria, pero Julián no se detuvo a pensar en ella. Un pensamiento alarmante había ocupado su mente. ¿Qué les habría pasado a Dick y a Ana? ¿Qué les ocurriría si los hombres los hallaban en su camino?

—¡Deprisa! –apremió a Jorge–. Tenemos que volver con los otros. ¡Deprisa!

CAPÍTULO 8

¿Qué convenía hacer?

A través del oscuro bosque, Julián y Jorge avanzaron dando traspiés, corriendo con todas sus fuerzas. *Tim* corría también, sabiendo que algo muy importante preocupaba a sus amigos. Ricardo les seguía, casi llorando otra vez. Realmente, estaba muy asustado.

–¡Dick! ¡Ana! ¿Dónde estáis?

Jorge se adelantó hacia el lugar en que había guardado la bicicleta. Buscó a tientas el faro y lo encendió. Entonces la sacó al claro y la hizo girar para iluminar todo el valle. Allí estaba la bicicleta de Dick con todas las herramientas necesarias para reparar el pinchazo esparcidas a su alrededor. Pero ni rastro de Dick ni de Ana. ¿Qué había ocurrido?

–¡Ana! –chilló Julián, alarmado–. ¡Dick! ¡Salid! Ya hemos vuelto.

Una vocecita temblorosa llegó desde lo alto de un árbol.

–¡Julián! ¡Julián! Estoy aquí.

–¡Ana! –gritó Julián. Su corazón palpitaba con fuerza a causa del alivio que sentía–. Ana, ¿dónde estás?

–Aquí arriba, en el árbol –contestó Ana en voz algo más alta–. ¡Oh, Julián! ¡He pasado tanto miedo! No me atrevía a bajar temiendo caerme. Dick...

–¿Qué le ha pasado a Dick? –preguntó Julián, alarmado de nuevo.

Oyó los sollozos de Ana.

–Dos hombres horribles vinieron y se lo llevaron. Lo confundieron con Ricardo.

La voz de Ana se había convertido en un lamento. Julián pensó que debía bajarla inmediatamente del árbol. Quizás estando con ellos se consolaría un poco. Se dirigió a Jorge.

–Enfoca el faro hacia arriba –le pidió.

Trepó por el árbol como un gato. En pocos minutos llegó a donde estaba Ana agarrada a una rama con todas sus fuerzas.

–Ana, te ayudaré a bajar. No tengas miedo. No puedes caerte, porque yo estoy debajo de ti para sujetarte. Guiaré tus pies hacia las ramas.

Ana suspiró aliviada por contar con una ayuda para bajar. Tenía frío y se sentía muy desgraciada. Ansiaba encontrarse abajo entre los demás. Descendió despacio, con la ayuda de Julián. Tan pronto tocaron el suelo, la niña se aferró a su hermano, y este la abrazó.

—Está bien, Ana, tranquilízate. Ahora estoy aquí. Y también Jorge y *Tim*.

—¿Quién es ese? —preguntó Ana de pronto, descubriendo la silueta de Ricardo en la oscuridad.

—Ricardo —respondió Julián, enfadado—. Se ha portado muy mal. A causa de él y su estúpido comportamiento ha ocurrido todo esto. Ahora, Ana, por favor, cuéntanos despacio y con todo detalle lo que pasó.

Así lo hizo Ana, sin omitir ningún detalle. *Tim* permanecía a su lado, lamiéndole la mano sin parar. Para la pobre niña significaba un gran consuelo. *Tim* siempre se daba cuenta de cuándo a alguien le sucedía algo. Ana se sintió mejor al sentir el brazo de Julián abrazándola y a *Tim* lamiéndole la mano.

—Está bastante claro lo que ocurrió —dijo su hermano cuando Ana terminó su alarmante relato—. Rooky reconoció a Ricardo, y él y sus dos hombres le persiguieron, viendo la oportunidad de raptarlo y vengarse así de su padre. Rooky era el único que conocía a Ricardo y no fue él quien tropezó con Dick. Han sido los otros, y ellos no podían saber que no era Ricardo. Al oír que se llamaba Dick, llegaron a la conclusión de que era Ricardo, ya que Dick es el diminutivo de Ricardo.

—¡Pero Dick les aseguró que él no era Ricardo Kent! —protestó Ana con vehemencia.

—Claro que sí, pero es lógico que ellos pensaran que estaba mintiendo —objetó Julián—. Por lo tanto se lo llevaron. ¿Cómo has dicho que se llamaba el sitio adonde iban a llevarlo?

—Algo así como el Nido del Búho —respondió Ana—. ¿Podríamos ir allí, Julián? Si les dices a los hombres que Dick es Dick y no Ricardo, le dejarán marchar, ¿verdad?

—Supongo que sí —respondió Julián—. De todos modos, tan pronto como Rooky lo vea sabrán que se han equivocado. Creo que podremos rescatarlo sano y salvo.

Una voz se oyó en la oscuridad.

—¿Y qué pasará conmigo? ¿Me acompañaréis hasta casa primero? No quiero de ningún modo encontrarme con Rooky otra vez.

—No perderemos el tiempo yendo a tu casa —dijo Julián fríamente—. Si no fuera por ti y tus mentiras no estaríamos metidos en este lío. Así que tendrás que venir con nosotros. Lo primero es liberar a Dick.

–Pero no puedo ir con vosotros. ¡Rooky me da miedo! –se lamentó Ricardo.

–Bueno, pues quédate aquí, a mí no me importa –replicó Julián, determinado a darle una buena lección.

Pero le pareció mucho peor a Ricardo. Comenzó a chillar.

–¡No me dejéis aquí! ¡No!

–Está bien. Ahora, escúchame. Si vienes con nosotros, podremos dejarte en la primera casa que haya al borde del camino, o bien en un puesto de policía. Tú te encargarás después de que te lleven a casa de alguna manera –dijo Julián, exasperado–. Eres lo bastante mayor como para cuidar de ti mismo. Ya estoy harto de ti.

Ana lo sentía por Ricardo, a pesar de que les había ocasionado todos aquellos problemas. Sabía lo horrible que era estar asustado de verdad. Alargó una mano y la posó suavemente sobre su brazo.

–Ricardo, no seas crío. Julián se cuidará de que no te pase nada. De momento está furioso contigo, pero pronto se le pasará.

–¡No lo tengas tan seguro! –contestó Julián, pretendiendo mostrarse más enfadado de lo que en realidad estaba–. Lo que Ricardo necesita es un buen escarmiento. Es un mentiroso y se comporta como un crío.

–Dame otra oportunidad –casi lloró el pobre Ricardo, a quien nadie había hablado jamás en aquel tono. Intentó odiar a Julián por decirle esas cosas, pero curiosamente no logró hacerlo. Lo respetaba y lo admiraba.

Julián decidió no reprender más a Ricardo. «Desde luego –pensó–, es un chico increíblemente débil». Resultaba un fastidio tener que cargar con él. No sería de ninguna ayuda y constituiría un verdadero estorbo.

–¿Qué vamos a hacer, Julián? –preguntó Jorge, que se había mantenido callada.

Estaba preocupada por Dick. ¿Dónde estaría el Nido del Búho? ¿Cómo podrían encontrar el lugar durante la noche? ¿Y qué pasaría con aquellos hombres? ¿Cómo tratarían a Julián cuando les exigiese que dejaran a Dick? Julián era muy valiente y directo, pero Jorge pensaba que eso no les gustaría a aquellos hombres.

–Sí..., ¿qué haremos? –dijo Julián, y se calló.

–No vale la pena pedir ayuda a la granja, ¿verdad? –añadió Jorge después de una pausa.

–En absoluto –respondió Julián–. Ese viejo no ayudaría a nadie. Y además, ya vimos que no tienen teléfono. No, la granja no nos sirve de nada. ¡Qué lástima!

–¿Dónde está el mapa? –preguntó Jorge, iluminada

por una súbita idea repentina–. ¿Crees que saldrá el Nido del Búho?

–No si se trata de una casa –dijo Julián–. Solo vienen reseñados los lugares geográficos y los poblados. Se necesitaría un mapa gigantesco si tuviesen que salir todas las casas.

–Bueno, de todos modos, echemos un vistazo al mapa por si existen más granjas o pueblos en la cercanía –propuso Jorge, ansiosa por hacer algo aunque solo fuese consultar el mapa.

Julián sacó el mapa y lo desplegó. Él y las chicas se inclinaron sobre él, alumbrados por el faro de la bicicleta. Ricardo se acercó a mirar por encima de sus hombros. *Tim* lo intentó también, metiendo la cabeza por debajo de los brazos de los chicos.

–Fuera de aquí, *Tim* –ordenó Julián–. Mirad, aquí es donde estamos, Bosque de Middlecombe, ¿veis? Pues sí que es un lugar solitario. No hay un solo pueblo en muchos kilómetros a la redonda.

En efecto, no figuraba ningún pueblo por allí. El terreno se veía montañoso y boscoso, con algún riachuelo, y de vez en cuando algunos caminos de tercera categoría. Pero no se veía ni un pueblo, ni una iglesia, ni siquiera un puente.

De repente, Ana señaló una colina marcada en el mapa y exclamó:

–¡Mirad! ¿Veis cómo se llama esta colina?

–La Colina del Búho –leyó Julián en voz alta–. Sí, ya veo lo que quieres decir, Ana. Si una casa fuese construida en esta colina, podría llamarse el Nido del Búho, tomando el nombre de la colina. Y lo que es más, el mapa parece indicar que hay una casa–. No lleva nombre. Podría ser una granja, unas ruinas o una gran mansión.

–Yo soy de la misma opinión –dijo Jorge–. Apuesto a que esa es la casa que buscamos. Lo mejor es que cojamos las bicis y nos pongamos en camino.

Un profundo suspiro emitido por Ricardo atrajo su atención.

–Bueno, ¿qué te pasa ahora? –preguntó Julián.

–Nada, solo que tengo mucha hambre.

De repente, los demás también cayeron en la cuenta de que también tenían hambre. De hecho, mucha hambre. Había pasado mucho tiempo desde la merienda.

Julián recordó la comida que él y Jorge habían comprado en la granja. Podrían comer algo ahora o bien esperar a hacerlo por el camino hacia el Nido del Búho.

—Mejor por el camino —resolvió Julián—. Cada minuto que desperdiciemos supone un minuto más de angustia para Dick.

—Me pregunto qué harán con él cuando Rooky lo vea y diga que no soy yo —dijo de repente Ricardo.

—Yo creo que le dejarán en libertad —contestó Jorge—. Unos malvados como ellos le dejarían marchar aunque fuese en medio de un desierto y no se preocuparían en absoluto por si encuentra su camino o no. Tenemos que saber lo que pasa: si está en el Nido del Búho o está en libertad.

—No puedo ir con vosotros —se lamentó Ricardo.

—¿Y por qué no? —le preguntó Julián.

—Porque no tengo mi bici —respondió Ricardo con tristeza—. La he abandonado por el camino, ¿recordáis? Quién sabe dónde está. Jamás volveré a encontrarla.

—Puedes coger la de Dick —propuso Ana—. Allí está, con el pinchazo ya arreglado.

—¡Oh, sí! —aceptó Ricardo, aliviado—. ¡Menos mal! Por un momento espantoso pensé que tendría que quedarme aquí.

En su fuero interno, Julián deseaba poder dejarlo atrás. Ricardo daba más problemas que ayuda.

—Está bien. Puedes coger la bici de Dick —dijo—, pero

nada de tonterías con ella, nada de montar sin sujetarte al manillar ni trucos de esa índole. La bici es de Dick y no tuya.

Ricardo se calló. Julián siempre le regañaba. Supuso que se lo merecía; sin embargo, no le resultaba nada agradable.

Al coger la bicicleta de Dick advirtió que le faltaba el faro. ¿Lo habría cogido Dick? Lo buscó y por fin lo encontró en el suelo. Sin duda Dick lo había dejado caer y se había apagado al chocar contra el suelo. Apretó el botón y se encendió. No estaba estropeado. ¡Estupendo!

–Adelante –dijo Julián montando en su bicicleta–. Durante el trayecto os daré algo de comer. Tenemos que encontrar el camino hacia la Colina del Búho lo antes posible.

CAPÍTULO 9

Aventura bajo
el claro de luna

Los cuatro pedalearon con infinitas precauciones por el sendero accidentado del bosque. Se alegraron de llegar al camino. Julián se detuvo un momento.

–Según el mapa, ahora tendríamos que ir hacia la derecha y, más abajo, hacia la izquierda, luego rodear una colina y, después de avanzar dos o tres kilómetros por un pequeño valle, llegaremos al pie de la Colina del Búho.

–Si encontrásemos a alguien, podríamos preguntarle dónde está el Nido del Búho –dijo Ana, esperanzada.

–No tropezaremos con nadie por aquí a estas horas –dijo Julián–. Estamos muy alejados de cualquier pueblo y en kilómetros no habrá ni un granjero, ni un policía, ni un viajero. No podemos esperar encontrar a nadie.

La luna había salido y el cielo se iba despejando a medida que avanzaban sobre el camino. Pronto se pudo ver casi con tanta claridad como de día.

–Apaguemos las luces, así ahorraremos baterías –dijo Julián–. Ahora que hemos salido del bosque podemos ver perfectamente con el claro de luna. Es un espectáculo mágico, ¿no creéis?

–Siempre me parece extraño el claro de luna, porque, a pesar de que brilla sobre todas las cosas, no se ve ningún color en ninguna parte –dijo Ana. Ella también apagó su faro, y luego miró a *Tim*–. Apaga los faros de tu cabeza –dijo, lo que hizo reír a Ricardo.

Julián sonrió. Daba gusto ver de nuevo tan alegre a Ana.

–Los ojos de *Tim* son como lámparas de cabeza, cierto –dijo Ricardo–. ¿Qué hay de la comida, Julián?

–En verdad, se me había olvidado –respondió Julián, y metió la mano dentro de la cesta.

Pero era difícil sacar las cosas con una mano sola e intentar pasarlas a los demás.

–Más vale que nos paremos unos minutos –dijo por fin–. Me parece que ya dejé caer un huevo duro. ¡Venid! Dejaremos las bicis en la cuneta y comeremos algo, lo suficiente para calmar un poco el hambre.

Ricardo estaba más que contento. Todos estaban tan hambrientos que pensaron que era una buena idea.

Abandonaron el camino iluminado por la luna y se dirigieron hacia una arboleda junto al borde del camino. Era un pinar y el suelo estaba cubierto por las agujas de los pinos.

—Sentémonos unos minutos aquí —propuso Julián—. ¡Un momento!, ¿qué es lo que hay allí enfrente?

Todos miraron hacia el lugar señalado.

—Es una cabaña en ruinas o algo parecido —dijo Jorge. Se acercó para verlo mejor—. Sí, eso es, una casa en ruinas. Solo quedan las paredes de un lado. Un sitio misterioso.

Se sentaron bajo los pinos y Julián repartió la comida. *Tim* recibió también su parte, aunque no tanto como hubiese deseado. Permanecieron sentados bajo la sombra de los árboles, masticando con hambre y tan deprisa como les era posible.

—Escuchad... ¿Habéis oído? —exclamó Julián de súbito levantando la cabeza—. Parece un coche.

Escucharon. Julián estaba en lo cierto. Un coche se acercaba por el campo. ¡Qué suerte!

—Si viniese hacia aquí —dijo Julián—, podríamos pararlo y pedir ayuda. De todos modos, podría llevarnos al puesto de policía más cercano.

Dejaron la comida en el campo y se adelantaron hacia el camino. No se veían luces por ninguna parte, pero podían oír el ruido del coche.

–Un motor muy silencioso –comentó Julián–. Debe de ser un coche potente. No han encendido las luces porque hay claro de luna.

–Se acerca –dijo Jorge–. Viene por este camino. Sí, así es.

Y así era. El ruido del motor se aproximó aún más. Los niños se prepararon a saltar sobre el camino para detener el coche cuando pasara por su lado.

De repente, cesó el ruido del motor. La luz de la luna brilló sobre un coche de línea alargada que se había parado más abajo, sobre el camino. No llevaba luces, ni siquiera en los costados. Julián contuvo a sus compañeros con la mano, a fin de que no corriesen hacia él chillando.

–¡Esperad! –dijo–. Esto es un poco raro.

Aguardaron amparándose en la penumbra. El coche se había estacionado cerca de la casa en ruinas. Se abrió una de las portezuelas y un hombre salió del interior del vehículo y corrió hacia la sombra de un seto cercano. Parecía llevar una especie de paquete.

Se oyó un silbido y en el acto resonó el grito de un búho. «Una señal –pensó Julián, muy interesado por todo aquello–. ¿Qué es lo que está sucediendo?».

–No os mováis –susurró a los demás–. Jorge, cuídate de que *Tim* no gruña.

Pero *Tim* sabía cuándo había que callar. Ni siquiera gimió. Se quedó como una estatua, con las orejas tiesas y sus agudos ojos observando el camino.

Por un momento nada ocurrió. Julián se movió con cautela para ocultarse tras otro árbol desde donde podía vigilar mejor.

Divisaba muy bien la casa derruida. Vislumbró una sombra surgiendo del bosque y, acercándose a ella, vio a un hombre esperando, el hombre del coche probablemente.

¿Quiénes eran? ¿Qué podían hacer en aquel lugar a esas horas de la noche?

El hombre que había salido de entre los árboles se acercó por último al que esperaba. Hubo un rápido intercambio de palabras, pero Julián no alcanzó a entender lo que decían. Estaba seguro de que ninguno de los dos sospechaba siquiera que los niños se encontraban tan cerca.

Cuidadosamente se deslizó hacia otro árbol y observó, intentando descubrir lo que pasaba.

–No tardes –le oyó decir a uno de los hombres–. No traigas las cosas al coche. Puedes dejarlas dentro del pozo.

Julián no podía ver bien lo que hacía el hombre. Le pareció que se cambiaba de ropa. Sí, ahora se ponía otra, sin duda procedente del paquete que el otro había sacado del coche. Julián se sentía cada vez más intrigado. ¡Qué cosa más rara! ¿Quién era el segundo individuo? ¿Un refugiado? ¿Un espía?

El que se había cambiado de ropa cogió la que se había quitado y se encaminó hacia la parte trasera de la casa.

Volvió sin ella y siguió a su compinche, que se dirigía hacia el coche.

Aun antes de cerrarse la portezuela, el motor del coche ya se había encendido. Inició la marcha hacia donde estaban escondidos los niños y todos ellos se echaron hacia atrás cuando pasó por delante de ellos, alejándose a gran velocidad.

Julián se reunió con los demás.

–Bueno, ¿qué decís de todo eso? –preguntó–. Es raro, ¿verdad? Vi que un hombre se cambiaba de ropa, quién sabe por qué. La dejó en algún sitio detrás de la casa. Me pareció oírle decir a uno que la dejase dentro del pozo. ¿Vamos a investigar?

–Sí, vamos –asintió Jorge, perpleja–. ¿Os habéis fijado en el número del coche? Lo único que yo pude ver fueron las letras KMF.

–Yo vi el número –dijo Ana–. El 102, y era un Bentley negro.

–Sí, un Bentley negro, matrícula KMF 102 –dijo Ricardo–. Seguro que hacían algo sospechoso.

Se dirigieron hacia la casa en ruinas por el patio trasero, pasando dificultosamente a través de hierbas y matas muy altas. Descubrieron un pozo también en ruinas al cual le faltaban gran parte de los ladrillos.

Estaba cubierto con una tapa de madera. Julián la levantó. Todavía pesaba bastante, a pesar de estar medio podrida por el tiempo. Miró al interior del pozo, pero no logró vislumbrar nada. Era demasiado profundo para poder distinguir el fondo con la simple luz de un faro de bicicleta.

–No hay mucho que ver –dijo Julián, volviendo a poner la tapa en su sitio–. Supongo que era su ropa lo que echó ahí dentro. Me pregunto por qué se habrá cambiado.

–¿Crees que podría ser un preso fugado de la cárcel? –preguntó Ana de pronto–. Si así fuera, tendría que cambiarse de ropa, ¿no es verdad? Eso sería lo primero que tendría que hacer. ¿Hay alguna cárcel cerca de aquí?

Nadie lo sabía.

–No recuerdo haber visto ninguna en el mapa –respondió Julián–. No, no creo que el hombre fuese un preso fugado. Probablemente se trate de un desertor del ejército o algo así.

–Bueno, sea lo que sea, no me gusta nada y estoy contenta de que el coche se haya marchado con el prisionero, desertor o espía –comentó Ana–. Qué cosa más curiosa que diese la casualidad de encontrarnos aquí cuando ocurrió. Los hombres no podían sospechar que eran observados por cuatro niños y un perro a unos cuantos metros de distancia.

–Suerte que no lo sospecharon –dijo Julián–. No les hubiese hecho ninguna gracia. Ahora, adelante. Ya hemos perdido bastante tiempo. Volvamos a nuestra comida. Bueno, espero que *Tim* no se la haya comido toda entre tanto. La dejamos por el suelo sin darnos cuenta.

Tim no se había comido ni una migaja. Estaba sentado pacientemente al lado de la comida, oliéndola de vez en cuando. ¡Todo aquel pan, jamón y huevo esperando allí y nadie para comérselo!

–Buen perro –le palmeó Jorge–. Eres de muchísima confianza, *Tim*. Como premio se te dará un gran trozo de pan con jamón.

Tim se lo tragó de una vez. Su ración había terminado, pues los demás tenían apenas lo suficiente para ellos mismos y se comieron hasta las migajas. Después de unos minutos, se levantaron y se dirigieron hacia sus bicicletas.

–Bien, hacia la Colina del Búho otra vez –dijo Julián–. Y esperemos no tropezar con más cosas raras por esta noche. Ya hemos tenido suficientes.

CAPÍTULO 10

El Nido del Búho
en la Colina del Búho

Emprendieron de nuevo la marcha, pedaleando a toda velocidad bajo el claro de luna. Incluso cuando la luna se escondía tras una nube, había suficiente claridad como para proseguir sin luces. Avanzaron durante lo que les pareció muchos kilómetros y al fin llegaron a una colina empinada.

–¿Es esto la Colina del Búho? –preguntó Ana cuando desmontaron para continuar el camino a pie. Era muy empinado para poder subirlo en bicicleta.

–Sí –contestó Julián–. Eso parece, a no ser que nos hayamos equivocado. Pero no lo creo. Ahora la cuestión es: ¿encontraremos la casa allí arriba o no? ¿Y cómo sabremos que se trata del Nido del Búho?

–Podríamos llamar al timbre y preguntar –dijo Ana.

Julián se echó a reír. Aquello era muy propio de Ana.

–Puede que tengamos que hacerlo –dijo–. Pero primero inspeccionaremos los alrededores.

Empujaron las bicicletas por la cuesta. El camino estaba bordeado por setos a ambos lados y se veían campos detrás de ellos. Por lo que podían apreciar, no había animales por allí: caballos, ovejas o vacas.

–¡Mirad! –exclamó Ana, de repente–. Hay una casa. Por lo menos se ven unas chimeneas.

Miraron hacia donde ella les indicaba. Sí, desde luego, eran chimeneas, altas chimeneas de ladrillos que parecían muy antiguas.

–Parece una mansión isabelina –dijo Julián. Se detuvo y miró con atención–. Debe de ser muy grande. Tendríamos que estar a punto de llegar a un camino o algo parecido.

Siguieron adelante empujando las bicicletas. Poco a poco, la casa apareció ante sus ojos, una especie de palacio, y, bajo la luz de la luna, parecía grande y muy bonita.

–Aquí está la puerta de la verja –dijo Julián aliviado. Estaba ya cansado de empujar la bicicleta hacia la cima de la colina–. Está cerrada. Espero que no hayan echado el cerrojo.

Se acercaron a la puerta de hierro forjado y esta se abrió lentamente. Los niños se pararon sorprendidos. ¿Por qué se abría? No para ellos, esto era seguro.

Entonces oyeron a lo lejos el ruido de un coche. ¡Claro! Por eso se abría la verja. Pero el coche no subía por la colina, sino que bajaba por el camino del interior de la finca.

–¡Escondeos! ¡Deprisa! –dijo Julián–. No deben vernos todavía.

Se agacharon dentro de una zanja, llevando consigo sus bicicletas. El coche se aproximó lentamente a la puerta. Julián lanzó una exclamación y dio un codazo a Jorge.

–¿Ves? ¡Otra vez el Bentley negro KMF 102!

–¡Qué cosa más misteriosa! –exclamó Jorge, sorprendida–. ¿Qué hace por aquí a estas horas de la noche, recogiendo a hombres perdidos y trayéndolos a este sitio? ¿Será esto el Nido del Búho o no?

El coche pasó y desapareció en una curva de la colina. Los niños salieron de la zanja con las bicicletas, seguidos por *Tim*.

–Seguiremos con cuidado hasta la puerta –dijo Julián–. Ha quedado abierta. Es extraño cómo se abrió cuando llegó el coche. No he visto a nadie que lo hiciese.

Avanzaron valientemente hacia la puerta abierta.

–¡Mirad! –dijo Julián, apuntando hacia un tabique de ladrillos desde donde había girado uno de los batientes de la puerta. Miraron y pudieron ver el nombre que brillaba en él.

–Bueno, ¿así que hemos localizado el Nido del Búho, después de todo?

–Sí, aquí está el nombre con letras metálicas: Nido del Búho. Lo hemos encontrado.

–¡Adelante! –dijo Julián haciendo rodar la bicicleta a través del portillo–. Entremos a echar una ojeada. A ver si tenemos la suerte de encontrar a Dick por alguna parte.

Atravesaron la entrada. Una vez del otro lado, Ana se aferró a Julián asustada. Señaló, sin pronunciar palabra, detrás de ellos.

¡La puerta volvía a cerrarse! ¡Pero si no había nadie allí para cerrar! Se cerraba silenciosa y suavemente por sí misma. Había algo extraño en todo aquello.

–¿Quién la mueve? –susurró Ana con voz angustiada.

–Lo harán con una máquina –cuchicheó Julián–. Probablemente la accionan desde la casa. Volvamos para ver si descubrimos el mecanismo.

Apoyaron sus bicicletas al borde del camino y regresaron a la entrada. Julián buscó alguna manija para abrirla. Pero no había ninguna.

Empujó la puerta. No se movió. Era imposible abrirla. Estaba cerrada por una especie de mecanismo automático y nada ni nadie podía abrirlo.

–¡Esto es terrible! –dijo Julián, y se le adivinaba tan enfadado que los otros lo miraron con sorpresa.

–¿Qué pasa? –preguntó Jorge.

–Bueno, ¿es que no lo veis? Estamos tan prisioneros como Dick, si es que él está realmente aquí. No podemos salir por la puerta y, si os fijáis, veréis que hay un muro muy alto que rodea la finca. Estoy seguro de que no hay una sola brecha alrededor. No podríamos salir de aquí por más que quisiéramos.

Volvieron, pensativos, a donde estaban sus bicicletas.

–Es mejor empujarlas un poquito hacia los árboles y esconderlas allí –dijo Julián–. Nos estorbarían demasiado. Las dejaremos e iremos a husmear un poco alrededor de la casa. Espero que no haya perros.

Dejaron las bicicletas bien ocultas entre los árboles que se alzaban a un lado del ancho camino, que se veía descuidado. Estaba cubierto de musgo y la hierba crecía en él. Se veía limpio tan solo por donde habían pasado las ruedas del coche.

–¿Vamos por el camino o por un lado? –quiso saber Jorge.

–Mejor por fuera –dijo Julián–. Podrían descubrirnos fácilmente bajo el claro de luna si vamos por el camino.

De manera que avanzaron por un lado, amparados por las sombras de los árboles. Siguieron las curvas del largo camino hasta que la casa apareció ante sus ojos.

Era verdaderamente muy grande. Había sido construida en forma de letra E, aunque sin el trazo de en medio. Tenía un patio delante, también cubierto por la maleza. Una pared baja, que apenas les llegaba a la rodilla, rodeaba el patio.

Había luz en una habitación del piso de arriba y en otra de la planta baja. Aparte de eso, la casa aparecía a oscuras por aquel lado.

–La rodearemos en silencio –dijo Julián en voz baja–. ¡Caramba! ¿Qué es eso?

Un alarido extraño y terrible les hizo sobresaltar a todos. Ana, aterrada, se agarró del brazo de Julián, asustada.

Esperaron y escucharon...

Algo descendió silenciosamente y rozó el pelo de Jorge, que casi dejó escapar un chillido. Pero antes de llegar a hacerlo, el alarido se oyó de nuevo.

Alargó la mano para coger a *Tim*, que parecía sorprendido y asustado.

−¿Qué es eso, Julián? −murmuró Jorge.

−Tranquilos, no es nada −susurró Julián−. Solo es un búho, el grito de un búho.

−¡Es un búho! −suspiró Jorge con alivio−. ¡Qué tonta, mira que no haber pensado en ello! Es un búho que sale de caza. Ana, ¿te has asustado?

−¡Claro que me he asustado! −respondió Ana, soltándose del brazo de Julián.

−Yo también −confesó Ricardo, cuyos dientes castañeteaban todavía de miedo−. Casi echo a correr. Lo hubiese hecho si mis piernas me hubieran obedecido, pero estaban como pegadas al suelo.

El búho chilló otra vez, un poco más lejos, y otro le contestó y un tercero se unió al concierto. Verdaderamente la noche se estaba volviendo espantosa con estos alaridos tan sobrenaturales.

−Me gustaría tener una lechuza. Tienen un ulular muy bonito −dijo Jorge−. Pero este alarido es horrible.

−No me extraña que la llamen la Colina del Búho. Puede que siempre haya habido búhos.

Los cuatro niños y *Tim* echaron a andar alrededor de la casa, manteniéndose casi siempre bajo las sombras.

La parte de atrás estaba también a oscuras, salvo dos largas ventanas. Las cortinas estaban echadas, pero Julián intentó espiar a través de ellas.

Encontró un sitio en donde las cortinas no se ajustaban por completo y miró hacia dentro.

–Es la cocina –comunicó a los demás–. Un sitio enorme, alumbrado por una gran lámpara de aceite. El resto de la habitación está a oscuras. Hay una chimenea al fondo, con unos cuantos troncos quemándose en él.

–¿Hay alguien dentro? –preguntó Jorge, intentando ver también a través de la abertura.

Julián se retiró y le cedió el sitio.

–No veo a nadie –dijo.

Jorge soltó una exclamación. Julián la empujó a un lado para mirar de nuevo.

Un hombre entraba en aquel momento en la habitación, un tipo raro, un hombre muy bajo con la espalda encorvada de tal forma que parecía obligarle a tener la cabeza ladeada. Tenía cara de malvado. Detrás de él entró una mujer delgada, apagada y muy triste.

El hombre se dejó caer en una silla y empezó a llenar su pipa, mientras la mujer apartaba una tetera del fuego, la llevaba a un rincón y empezaba a llenar tazas de agua caliente.

«Debe de ser la cocinera –pensó Julián–. ¡Qué cara de tristeza tiene la pobre! Me pregunto para qué tendrán aquí a ese hombre; una especie de criado para todo, supongo. ¡Qué cara de malo tiene!».

La mujer se dirigió con timidez al hombre sentado en la silla. Como es lógico, Julián no podía oír una palabra desde fuera. Él le contestó brutalmente, golpeando sobre el brazo de la silla al mismo tiempo. Parecía que la mujer le suplicaba algo. El hombre se enfureció, cogió un atizador y la amenazó con él. Julián se quedó horrorizado. ¡Pobre mujer! No era raro que pareciese tan desgraciada si esta era la forma en que solían tratarla.

A pesar de todo, el hombre no hizo nada con el atizador, salvo agitarlo con furia. Lo volvió a dejar en su sitio y se recostó en su silla. La mujer no volvió a hablar. Siguió llenando las tazas. Julián se preguntó a quién estarían destinadas.

Contó a los demás lo que había visto. No les gustó en absoluto.

Si los de la cocina se comportaban así, ¿qué harían los que se encontraban en la otra parte de la casa?

Se alejaron de las ventanas de la cocina y continuaron su viaje de inspección alrededor de la casa. Llegaron a otra habitación de la planta baja, también iluminada.

Pero aquí las cortinas se hallaban bien ajustadas y no había manera de mirar al interior.

Miraron hacia arriba, hacia la única ventana que tenía la luz encendida. ¿Estaría Dick en ella? Puede que lo hubiesen encerrado en el desván. ¡Cuánto les hubiese gustado saberlo!

¿Se atreverían a tirar una piedra? Discutieron si debían hacerlo o no. No parecía haber ningún medio para entrar en la casa. La puerta principal se veía bien cerrada. Habían encontrado otra puerta en un ala del edificio, pero también estaba cerrada. Ya habían intentado abrirla. No se veía ninguna ventana abierta.

—Creo que tiraré una piedra —resolvió Julián por fin—. Si trajeron a Dick aquí, estoy casi seguro de que lo tienen ahí arriba. ¿Estás segura de que oíste a los hombres decir el Nido del Búho, Ana?

—Muy segura —respondió Ana—. Tira ya la piedra, Julián. ¡Estoy tan preocupada por Dick!

Julián buscó una piedra por el suelo. Localizó una escondida entre el musgo que había por todas partes. La balanceó en su mano y luego la lanzó hacia arriba, aunque no llegó a la ventana. Julián cogió otra. La tiró y esta vez alcanzó el cristal de la ventana. Alguien se acercó enseguida a ella.

¿Era Dick? Todos trataron de verle, pero la ventana estaba demasiado alta. Julián arrojó otra piedra, con la misma excelente puntería.

–Es Dick –dijo Ana–. No, creo que no lo es. ¿No lo ves tú, Julián?

Cualquiera que fuese la persona que se había acercado a la ventana, había desaparecido ya. Los niños se sintieron un poco incómodos. ¿Y si no era Dick? ¿Y si era otra persona que ahora había salido de la habitación para ir en su busca?

–Marchémonos de esta parte de la casa –susurró Julián–. Vamos por el otro lado.

Se alejaron en silencio. De repente Ricardo dio un tirón a Julián del brazo.

–¡Mira! –exclamó–. Hay una ventana abierta. ¿No podríamos entrar por ella?

CAPÍTULO 11

¡Encerrados!

Julián miró hacia la ventana. La luz de la luna la hacía brillar. Sí, estaba un poco entreabierta.

«¿Cómo es que no nos hemos fijado cuando pasamos por aquí hace un rato?», se preguntó. Vaciló un poco. ¿Valía la pena o no intentar entrar? Quizá fuera mejor llamar a la puerta de atrás y la cocinera les dijera lo que querían saber.

Por otro lado, había que tener en cuenta la presencia de aquel hombre de aspecto malvado. A Julián no le gustaba nada. No, sería mejor trepar por la ventana, comprobar si Dick estaba arriba y después escapar todos de nuevo a través de la ventana. Nadie se enteraría. Cuando se dieran cuenta, el pájaro habría volado y todo iría bien.

Julián fue hacia la ventana. Levantó una pierna y se puso a horcajadas sobre el alféizar. Tendió la mano a Ana.

—Venga, Ana, yo te ayudo —le dijo, y tiró de ella.

La izó con cuidado y la dejó sobre el suelo en el interior.

Luego les tocó el turno a Jorge y a Ricardo. La niña se había asomado a fin de alentar a *Tim* para que saltase, ¡cuando ocurrió algo!

Se encendió una potente linterna y su haz fue dirigido hacia los cuatro niños, deslumbrándolos. Se quedaron allí, parpadeando alarmados. ¿Qué era eso?

Ana reconoció la voz de uno de los hombres que habían capturado a Dick.

—¡Vaya, vaya! ¡Una banda de pequeños ladrones! —La voz sonó de pronto enfadada—. ¿Cómo os atrevéis a entrar aquí? Os entregaré a la policía.

En el exterior, *Tim* ladraba ferozmente. Saltó hacia la ventana y casi consiguió atravesarla. El hombre, comprendiendo en el acto lo que ocurría, se acercó a la ventana abierta y la cerró de un golpe. Ahora *Tim* no podría entrar.

—Deje entrar a mi perro —exclamó Jorge con rabia, y cometió la tontería de intentar abrir la ventana otra vez. El hombre la golpeó en las manos con la linterna y ella gritó de dolor.

—Eso es lo que les ocurre a los niños que se niegan a obedecer —dijo el hombre.

Jorge se masajeaba su mano magullada.

—Oiga —intervino Julián en un tono furioso—, ¿qué se cree que está haciendo? No somos ladrones, y, lo que es más, nos encantaría que nos entregara a la policía.

—Conque os gustaría, ¿eh? —se burló el hombre. Se dirigió hacia la puerta y gritó muy alto—: ¡Aggie! ¡Aggie! Trae una lámpara aquí ahora mismo.

Se oyó una respuesta desde la cocina y, casi de inmediato, una luz disipó las tinieblas del pasillo. Se acercó más y más, hasta que apareció la mujer de cara triste portando una gran lámpara de aceite. Miró con asombro al pequeño grupo de niños. Estaba a punto de decir algo, cuando el hombre la empujó con rudeza.

—¡Fuera de aquí! Y mantén la boca cerrada, ¿me oyes?

La mujer se escabulló como una gallina asustada. El hombre examinó a los intrusos a la luz de la lámpara. Apenas si había muebles en la habitación. Daba la sensación de ser una especie de sala de estar.

—De manera que no os importa que os entregue a la policía, ¿verdad? —preguntó el hombre—. Esto se pone muy interesante. ¿Acaso creéis que aprobaría que entraseis de esta forma en mi casa?

—Le digo que no hemos entrado para robar nada —dijo Julián, decidido a aclarar el asunto cuanto antes—. Hemos venido porque tenemos razones que nos hacen pensar que usted tiene prisionero aquí a mi hermano Dick. Todo ha sido una equivocación. Se han confundido de niño.

A Ricardo no le gustó aquello en absoluto. Tenía miedo de que lo cogieran a él y lo encerraran en el lugar de Dick. Se ocultó tras los otros tanto como le fue posible.

El hombre miró con fijeza a Julián. Parecía pensativo.

–No tenemos ningún niño aquí –dijo por fin–. No tengo idea de lo que me estás hablando. ¿Pretendes sugerir que voy por el mundo raptando niños y encerrándolos?

–No sé a lo que se dedica usted –respondió Julián–. Lo único que sé es que usted raptó a mi hermano Dick esta tarde en el Bosque de Middlecombe, pensando que se trataba de Ricardo Kent. Bien, se ha equivocado. Es mi hermano Dick y, si no le suelta usted enseguida, se lo contaré todo a la policía.

–¿Y tú cómo sabes eso? –preguntó el hombre–. ¿Estabas presente cuando fue raptado, como tú dices?

–Uno de nosotros lo estaba –replicó Julián bruscamente–. Estaba subido a un árbol. Por eso lo sabemos.

Siguió un silencio. El hombre sacó un cigarrillo del bolsillo y lo encendió.

–No tenemos a ningún niño prisionero aquí. No digas

ridiculeces. Es ya muy tarde. ¿Queréis dormir aquí y marcharos por la mañana? No me gusta dejar solos a un grupo de niños en plena noche. No hay teléfono aquí. Si no, llamaría a vuestros padres.

Julián vaciló. Estaba firmemente convencido de que Dick se encontraba en el interior de la casa. Si aceptaban pasar la noche allí, podrían averiguar si sus sospechas eran ciertas. Había comprendido que el hombre no tenía el menor deseo de que dieran parte a la policía. Había algo misterioso y siniestro en el Nido del Búho.

–Nos quedamos. Nuestros padres están fuera y no se preocuparán por nosotros.

De momento se había olvidado de Ricardo. ¡Sus padres sí que se alarmarían! Pero él no podía hacer nada al respecto. Lo principal era liberar a Dick. Una vez estuvieran seguros de que no era el niño que buscaban, los hombres no serían tan locos como para intentar retenerle por más tiempo. Parecía que Rooky, el bandido que conocía a Ricardo, no había llegado todavía y, por consiguiente, no había visto a Dick. Esa debía de ser la razón por la cual este hombre deseaba que pasasen la noche allí. Bien, aguardarían a que apareciese Rooky y cuando dijese «Este no es el chico que buscamos», soltarían a su hermano. Tendrían que hacerlo.

El hombre volvió a llamar a Aggie. Se presentó a toda prisa.

–Estos niños se han extraviado. Les he dicho que los alojaríamos por esta noche. Prepara una de las habitaciones. Basta con que pongas unos colchones y mantas sobre el suelo. Dales algo de comer si lo desean.

Aggie parecía estar muy sorprendida. Julián adivinó que no estaba acostumbrada a verle acudir en socorro de unos niños extraviados. Él le chilló.

–Bueno, no te quedes ahí parada. Haz lo que se te manda. Llévate a los niños.

Aggie llamó a los cuatro niños. Jorge se quedó atrás.

–¿Qué hay de mi perro? –preguntó–. Le oigo gemir todavía. No puedo dejarlo ahí fuera.

–Tendrás que hacerlo –respondió el hombre con rudeza–. Puedo asegurarte que no aceptaré de ningún modo un perro dentro de la casa.

–Atacará a cualquiera que se presente –adujo Julián.

–No te preocupes, no encontrará a nadie allí fuera. A propósito, ¿cómo habéis conseguido entrar?

–Un coche salía en el momento que nosotros nos acercábamos y entramos antes de que volviesen a cerrarse las puertas –explicó Julián–. ¿Cómo se cierran? ¿Con algún mecanismo?

–¡No te metas en asuntos ajenos! –exclamó furioso el individuo, y se fue por el pasillo en dirección opuesta.

–Un hombre muy agradable –dijo Julián a Jorge.

–Sí, realmente encantador –contestó ella.

La mujer les miró sorprendida. No parecía darse cuenta de que decían lo contrario de lo que pensaban. Los guio hacia arriba.

Llegaron a una habitación amueblada con una pequeña cama en un rincón, un par de sillas y una alfombra en el suelo. No había nada más en la estancia.

–Traeré unos cuantos colchones y los colocaré en el suelo para vosotros –dijo.

–La ayudaré –se ofreció Julián, pensando que supondría una buena ocasión para echar una ojeada a la casa.

–Está bien –aceptó la mujer–. Los demás quedaos aquí.

Salió, seguida por Julián. Fueron hacia un armario y la mujer cogió de su interior dos grandes colchones. Julián la ayudó. Parecía contenta de contar con su ayuda.

–Muchas gracias –dijo–. Son bastante pesados.

–Me imagino que no verán niños con frecuencia por aquí, ¿verdad? –preguntó Julián.

–Bueno, es raro que llegaseis justo después de que...

—empezó a decir ella. De repente se detuvo y se mordió los labios mirando hacia ambos lados del pasillo.

—¿Justo después de qué? —insistió Julián—. ¿Acaso quiere decir justo después de que llegara el otro niño?

—¡Calla! —exclamó la mujer, asustada—. ¿Qué sabes tú de eso? No tenías que haberlo dicho. El señor Perton me arrancará la piel si te oye decir semejante cosa. Pensará que se me ha soltado la lengua. Así que olvídalo.

—Se refería usted al niño que está encerrado en uno de los desvanes, arriba, ¿verdad? —dijo Julián, ayudándola a transportar uno de los colchones al gran dormitorio.

La mujer dejó caer el extremo que sostenía, alarmada.

—¿Te quieres callar? ¿Pretendes meterme en líos? ¿Y meteros vosotros también? ¿Es que quieres que el señor Perton llame al jorobado para que os zurre a todos? No conoces a ese hombre. Es un malvado.

—¿Cuándo llega Rooky? —preguntó de nuevo Julián a la aterrorizada mujer.

Aquello fue ya demasiado para ella. Se quedó inmóvil, con las rodillas temblando, mirando a Julián como si no creyese lo que oía.

—¿Qué sabes de Rooky? —murmuró—. ¿Vendrá aquí? ¡No me digas que vendrá!

—¿Por qué? ¿No le gusta? —preguntó Julián. Puso una

mano sobre su hombro–. ¿Por qué está tan asustada y nerviosa? ¿Qué pasa? Dígamelo. A lo mejor podría ayudarla.

–Rooky es un canalla –explicó la mujer–. Creía que estaba en la cárcel. No me digas que ha salido otra vez. No me digas que viene aquí.

Estaba tan asustada que no pudo añadir una palabra más. Rompió a llorar y Julián no quiso molestarla más. En silencio, la ayudó a arrastrar el colchón a la habitación que les había sido destinada.

–Os traeré algo de comer –dijo la pobre mujer con apariencia de sentirse muy desgraciada–. Si os queréis acostar, encontraréis mantas dentro de aquel armario.

Luego desapareció. En voz bajísima, Julián puso a los otros al corriente de lo que había descubierto.

–Trataremos de buscar a Dick tan pronto como no se oiga ruido en la casa. Esta es una casa sospechosa, una casa llena de secretos, de idas y venidas extrañas. Más tarde me escabulliré de la habitación y veré lo que puedo averiguar. Me parece que aquel hombre, que se llama Perton, está en efecto esperando a Rooky para saber si Dick es Ricardo o no. Cuando vea que se han equivocado no dudo que lo soltará y a nosotros también.

–¿Y qué hay de mí? –dijo Ricardo–. Una vez que me

haya descubierto, estaré perdido. Yo soy el chico que busca. Odia a mi padre y me odia a mí también. Me raptará, me llevará a algún sitio y pedirá un rescate enorme por mí.

–Bueno, tendremos que hacer algo para evitar que te vea –respondió Julián–, aunque no sé por qué ha de preocuparse por ti. Se irá directamente a ver a Dick. No se interesará en los que él piensa que son los hermanos y hermanas de Dick. Y no empieces otra vez a lamentarte, porque seré yo mismo el que te entregue a Rooky. Eres un pequeño cobarde. No tienes el menor coraje.

–Además, todo esto es el resultado de tus engaños y mentiras –añadió Jorge, furiosa–. Por tu culpa se nos estropeó la excursión, Dick ha sido encerrado y el pobre *Tim* tiene que estar fuera sin mí.

Ricardo pareció sorprendido. Se encogió en un rincón y no añadió una palabra más. Se sentía muy desdichado. Nadie le quería y nadie confiaba en él. Ricardo se sintió muy insignificante.

CAPÍTULO 12

Julián
investiga los alrededores

La mujer les trajo un poco de comida. Pan con mantequilla y mermelada y un poco de té caliente. Los cuatro niños no estaban muy hambrientos, pero tenían sed. Se bebieron el té con ansia.

Jorge abrió la ventana y llamó despacito a *Tim*.

—¡*Tim*! Aquí hay algo para ti.

El perro continuaba allí abajo observando y esperando. Sabía dónde se encontraba Jorge. Había ladrado y gemido durante algún tiempo, pero ahora parecía ya tranquilo.

Jorge estaba resuelta a hacerle entrar por el medio que fuese. Le dio todo su pan con mermelada, tirándoselo trozo a trozo y escuchando cómo lo devoraba. Al menos *Tim* sabía que pensaba en él.

–¡Escuchad! –dijo Julián viniendo del pasillo donde había permanecido un rato al acecho–. Me parece que sería una buena idea que apagáramos esta luz y que os acomodarais en los colchones. Colocaré un bulto en el mío y así, si viene alguien, creerá que estoy en mi lugar. Pero no estaré.

–¿Dónde estarás, entonces? –preguntó Ana–. No nos dejes solos, por favor.

–Me esconderé en el pasillo, dentro del armario –explicó Julián–. Tengo el presentimiento de que nuestro agradable anfitrión, el señor Perton, se ocupará muy pronto de venir a encerrarnos con llave, y no tengo la menor intención de dejarme encerrar. Antes inspeccionará la habitación con su lámpara para ver si nos hemos dormido. Cuando se haya ido, os abriré y no habrá conseguido hacernos prisioneros.

–Muy buena idea –dijo Ana arropándose con una manta–. Es mejor que te metas en el armario cuanto antes, Julián, no vaya a ser que nos cierren la puerta con llave para toda la noche.

Julián apagó la lámpara. Anduvo de puntillas hasta la puerta y salió dejándola entreabierta. Y en el pasillo se dirigió hacia donde recordaba haber visto el armario. ¡Ah! ¡Allí estaba! Asió el mango y tiró. La puerta se abrió silenciosamente. Se deslizó dentro y dejó la puerta entreabierta para poder ver si alguien venía por el pasillo.

Esperó durante unos veinte minutos. El armario olía a moho y resultaba muy aburrido permanecer en su interior sin hacer nada en absoluto.

De pronto por la ligera rendija de la puerta, vio como una luz se acercaba. ¡Alguien venía!

Miró a través de la abertura. Vio al señor Perton caminando de puntillas a lo largo del pasillo, con una pequeña lámpara de aceite en la mano. Fue hacia la puerta de la habitación de los chicos y la empujó un poco. Julián lo observaba sin atreverse a respirar.

¿Se daría cuenta de que el bulto que ocupaba uno de los colchones estaba formado por una manta enrollada y tapada por otra manta? Julián esperaba que no lo notase. Si lo hacía, todos sus planes se verían alterados.

El señor Perton sostuvo en alto la lámpara y miró con cautela dentro de la habitación. Vio cuatro bultos sobre los colchones. «Cuatro niños», pensó.

Era evidente que dormían. Muy despacio, el señor Perton cerró la puerta y con gran suavidad dio vuelta a la llave. Julián lo vigilaba lleno de ansiedad por si se metía la llave en el bolsillo. No, no lo había hecho. La había dejado en la cerradura. ¡Menos mal!

El hombre se alejó andando quedamente. No bajó al piso inferior, sino que desapareció en el interior de una habitación. Julián oyó que cerraba la puerta. Después percibió el chirriar de la llave en la cerradura. Seguramente no se fiaba de su otro compañero, quienquiera que fuese. O quizá sospechaba del jorobado o de la mujer.

Julián esperó un raro y salió del armario. Se acercó a la habitación del señor Perton y miró por el ojo de la cerradura para comprobar si la luz se había apagado. Sí. ¿Se habría dormido el señor Perton? Eso Julián no podía asegurarlo.

De todos modos, no pensaba esperar hasta oírle roncar. Tenía que buscar a Dick. Le pareció lo mejor empezar por el desván de arriba.

«Apostaría a que el señor Perton había subido a ver a Dick cuando tiré las piedras –pensó Julián–. Entonces bajó y abrió la ventana para atraparnos dentro. Hemos caído en la trampa. Debía de estar esperándonos dentro de la habitación. No me gusta el señor Perton. Tiene ideas demasiado brillantes».

Se puso en camino en dirección a las escaleras que

llevaban al desván pisando con sumo cuidado para no hacer ruido. Pero no podía evitar que los peldaños crujiesen y a cada crujido Julián se paraba y escuchaba temblando por si alguien lo había oído.

Al llegar arriba se encontró con un largo pasillo lleno de puertas. Se detuvo pensando qué camino debía tomar. ¿Hacia dónde caía exactamente la luz que había visto? Podría jurar que era en este pasillo. Bueno, se acercaría a cada una de las habitaciones y miraría si brillaba alguna luz a través de la cerradura o por debajo de la puerta.

Fue pasando puerta tras puerta. Todas estaban entornadas. Julián las abrió una por una y descubrió oscuros y vacíos desvanes, y algunos llenos de trastos. Por fin llegó a una puerta que estaba cerrada. Miró por el ojo de la cerradura. No había ninguna luz dentro de la estancia.

Golpeó la puerta suavemente. Una voz contestó en el acto. La voz de Dick:

–¿Quién anda ahí?

–¡Shhh! Soy yo, Julián –le susurró–. ¿Estás bien, Dick?

Se oyó el crujido de una cama, luego unos pasos sobre el suelo sin alfombrar. La voz de Dick le llegó del otro lado de la puerta, velada, con cautela.

–¡Julián! ¿Cómo has llegado hasta aquí? ¡Qué fantástico! ¿Puedes abrir la puerta y dejarme salir?

Julián había buscado ya la llave, pero no había ninguna. El señor Perton se la había llevado sin duda.

–No, no está la llave –dijo–. Dick, ¿qué te han hecho?

–No mucho, no te preocupes. Me arrastraron hacia el coche y me empujaron hacia dentro –respondió Dick–. El hombre llamado Rooky no estaba allí. Los otros le esperaron algún tiempo y luego nos pusimos en marcha. Pensaron que había ido a visitar a alguien. Así es que todavía no lo he visto. Supongo que llegará mañana por la mañana. ¡Qué disgusto se llevará cuando vea que no soy Ricardo!

–Ricardo también está aquí –murmuró Julián–. ¡Ojalá no fuera así! Si Rooky llega a verle, lo raptará, estoy seguro. Esperemos que Rooky solo se preocupe de ti, y como sus compinches piensan que somos todos una sola familia, tal vez nos permitan marchar. ¿Has venido directamente aquí con el coche, Dick?

–Sí –respondió este–. Cuando llegamos, las puertas se abrieron como por arte de magia y luego me encerraron. Uno de ellos vino a explicarme todo lo que Rooky haría conmigo cuando me viera y, luego, de repente, se fue abajo y no volvió más.

–¡Oh!, apostaría a que fue cuando las piedras chocaron contra la ventana –dijo inmediatamente Julián–. ¿No las has oído?

–¡Así que era eso el ruido que oímos! El hombre que estaba conmigo se acercó a la ventana. Debió descubrirte enseguida. Ahora dime: ¿cómo has podido llegar hasta aquí? ¿Estáis todos? Supongo que era *Tim* el que ladraba ahí fuera.

Julián le contó rápidamente lo sucedido desde que él y Jorge se habían encontrado a Ricardo, chillando, hasta el momento en que había subido las escaleras y lo había encontrado.

Se produjo un silencio cuando terminó su relato. Luego la voz de Dick llegó a través de la puerta.

–No sirve de mucho hacer planes, Julián. Si todo sale bien, saldremos de aquí por la mañana, cuando Rooky se dé cuenta de que no soy el chico que busca. Y si sale mal, por lo menos estaremos juntos y podremos intentar algo. Me pregunto qué pensara su madre cuando Ricardo no llegue esta noche a casa.

–Probablemente pensará que ha ido a casa de su tía –contestó Julián–. Creo que ese chico no es nada de fiar. Por su culpa nos hemos metido en este lío... Esos hombres tendrán que inventar mañana, cuando adviertan que no eres Ricardo, una buena excusa para explicar por qué te encerraron –continuó–. Dirán que tiraste piedras a su coche, o algo por el estilo, o bien que te encontraron herido y te trajeron aquí para curarte. De todos modos, digan lo que digan, no armaremos ningún alboroto de momento. Nos iremos tranquilamente y después actuaremos deprisa. No sé lo que pasa aquí, pero desde luego es algo raro. La policía tendrá que encargarse de averiguarlo.

–Escucha, es *Tim* otra vez –dijo Dick–. Ladra para llamar a Jorge, supongo. Es mejor que te marches, Julián, por si despierta a alguno de los hombres y te encuentran aquí. Estoy muy contento de saber que estás cerca. Gracias por venir a buscarme.

–Buenas noches –se despidió Julián.

Se marchó por el pasillo, aprovechando las zonas iluminadas por la luna, mirando asustado hacia las sombras por si el señor Perton o cualquier otro estuviese esperándole.

Pero no tropezó con nadie. *Tim* había parado de ladrar. Un profundo silencio reinaba en toda la casa. Julián bajó por las escaleras hasta la habitación donde los otros dormían. Se detuvo un momento antes de entrar. ¿Y si exploraba un poco más? Era una buena oportunidad.

Se decidió a hacerlo. El señor Perton dormía profundamente, pensó. También el jorobado y la mujer debían de haberse acostado ya. Se preguntó dónde estaría el otro hombre, el que había traído a Dick hasta el Nido del Búho. No lo había visto por ninguna parte. Quizá se había marchado en el Bentley negro que salió cuando ellos llegaron.

Descendió hasta la planta baja impulsado por una idea luminosa. Intentaría abrir la puerta principal y sacar a los demás. Solo él debería quedarse para no dejar solo a Dick.

Luego cambió de parecer. «No –pensó–. Ana y Jorge se negarían a marcharse sin mí». Suponiendo que lograsen atravesar la puerta sin contratiempos y bajar por el camino, ¿cómo saldrían fuera de la finca? La puerta funcionaba por un mecanismo accionado desde la casa.

De manera que su idea luminosa resultaba irrealizable. Decidió examinar todas las dependencias del primer piso. Primero se encaminó a la cocina. El fuego estaba casi apagado. La luna brillaba a través de las rendijas que dejaban las cortinas y aclaraba un tanto la oscura y silenciosa estancia. El jorobado y la mujer evidentemente se habían acostado.

No había nada interesante en la cocina, por lo tanto continuó hacia la habitación de enfrente. Era un comedor, con una mesa larga y pulida, candelabros en las paredes y una chimenea en la que se veían los restos de un fuego de leña. Nada interesante allí tampoco.

Entró en otro cuarto. ¿Qué era aquello? ¿Un taller? No, un despacho. Había una radio. Sobre una mesa divisó un artefacto muy raro, provisto de una rueda... ¿No sería aquello lo que abría la puerta? Sí, lo era. En un ángulo descubrió una etiqueta que decía: «Puerta derecha, puerta izquierda, las dos puertas».

«Eso es –pensó Julián–. El mecanismo para abrir uno o ambos batientes de la puerta. Si pudiera sacar a Dick de esa habitación, podríamos marcharnos todos en un momento».

Movió el volante de la rueda. ¿Qué ocurriría ahora?

CAPÍTULO 13

Extraño secreto

Se oyó un extraño gemido, como si algún tipo de mecanismo hubiera sido puesto en marcha. Julián se apresuró a devolver el volante hasta la posición inicial. Si hacía tanto ruido, mejor no intentar abrir las puertas. El señor Perton vendría corriendo y lo echaría de allí.

«Sea lo que sea, me parece muy ingenioso», pensó el chico, examinándolo bajo los tenues rayos de la luna que entraban por la ventana. Miró a su alrededor. Un sonido que llegó a sus oídos le hizo detenerse de pronto.

«Es alguien que ronca –pensó–. Más vale no tocar nada más. ¿Dónde estará el que duerme? Seguro que no está lejos de aquí».

Con cautela, avanzó de puntillas hasta la puerta siguiente y asomó la cabeza al interior. Era una especie de galería, pero no había nadie en ella y no se percibía el ronquido desde allí.

Estaba perplejo. No parecía haber ninguna otra habitación cerca donde pudiera estar alguien durmiendo. Regresó al estudio y escuchó, Sí, ahora volvía a oír el ruido. No cabía duda de que se trataba de un ronquido de alguien. Alguien que se encontraba cerca, aunque no lo bastante para ser oído con claridad ni ser visto. ¡Muy raro!

Julián se movió despacio por la habitación, intentando localizar el sitio donde los ronquidos se oían más fuerte. Sí, allá, cerca de la biblioteca que llegaba hasta el techo Pero... ¿de dónde procedía el sonido? ¿Habría algún cuarto detrás de la pared del despacho? Aquello era de lo más misterioso. Únicamente había allí la pared del pasillo, por lo que él podía ver. Otra vez volvió al despacho y se acercó a la biblioteca. Sí, se oía de nuevo. Alguien dormía y roncaba cerca de allí, pero... ¿dónde?

Julián empezó a examinar la biblioteca. Estaba llena de libros, apretujados los unos contra los otros, novelas, biografías, libros de consulta, todos sin orden ni concierto. Sacó unos cuantos de un anaquel y la examinó por detrás. Era de madera maciza.

Volvió a poner los libros en su sitio y continuó su

investigación. Toda la biblioteca estaba construida de la misma madera maciza. Julián miró con atención los libros que brillaban bajo los rayos de la luna. Un anaquel parecía distinto de los otros, menos desordenado, los libros no tan amontonados. ¿Por qué aquel anaquel era distinto?

Fue retirando muy despacio los libros del estante. Detrás de ellos también se veía la madera maciza. Julián acercó la mano y palpó el fondo. Encontró una clavija en un rincón. ¡Una clavija! ¿Para qué serviría?

Con precaución, hizo girar la clavija. No pasó nada. Entonces la empujó. Nada tampoco. Tiró de ella, y se desplazó unos quince centímetros.

Luego todo el tablero de esta singular estantería se deslizó hacia abajo, dejando una abertura lo bastante grande para que una persona pudiera penetrar por ella. Julián contuvo el aliento. ¡Un panel deslizante! ¿Qué habría detrás?

Una tenue luz se filtraba desde aquel lugar. Julián esperó hasta que se acostumbró a la penumbra en contraste con la luz de la luna. Temblaba de emoción. El ronquido se oía tan fuerte que Julián pensó que el que dormía debía de estar muy cerca. Luego, gradualmente, descubrió una habitación muy pequeña, con una cama

estrecha, una mesa y una estantería, sobre la cual se adivinaban algunas cosas. Una vela ardía en un rincón. En la cama estaba el roncador. Julián no pudo distinguir su rostro. Solo acertó a vislumbrar que se trataba de un hombre grande y corpulento. Roncaba plácidamente.

«¡Qué descubrimiento! –pensó Julián–. Un escondite secreto, un lugar excelente para ocultar a todo tipo de gente que pueda pagarlo. Deberían haberle advertido al hombre que procurase no roncar. Se ha traicionado».

El chico no se atrevió a quedarse allá por más tiempo observando esta curiosa estancia. Había sido construida en el espacio comprendido entre la pared del estudio y la del pasillo. Probablemente databa de la época en que había sido edificada la casa.

Julián buscó la clavija, la empujó hasta devolverla a su sitio y el panel se deslizó de nuevo tan silenciosamente como antes. Resultaba evidente que se habían preocupado de mantener el mecanismo en buen estado.

El ronquido sonaba otra vez amortiguado. Julián colocó los libros, con la esperanza de recordar, más o menos, cómo los había encontrado.

Estaba muy emocionado. Había descubierto uno de los secretos del Nido del Búho. A la policía le interesaría mucho este escondite y puede que le interesara todavía más la persona que lo ocupaba.

Ahora era esencial que él y los demás se escapasen. ¿Estaría bien que lo hiciesen sin Dick? No. Si los hombres sospechaban alguna traición de su parte o descubrían que conocía el escondite secreto, por ejemplo, podían hacerle daño a Dick.

Pese a sus deseos de acudir cuanto antes a la policía, Julián decidió que no escaparían a no ser que lo hiciesen todos, incluyendo a Dick.

No siguió explorando. De repente se sintió muy cansado y subió despacio las escaleras. Pensó que debía acostarse y reflexionar detenidamente.

Fue al dormitorio. La llave aparecía aún sobre la cerradura. Entró en la habitación y cerró la puerta. El señor Perton, al día siguiente, advertiría que la llave no estaba echada, pero pensaría sin duda que se había olvidado de darle la vuelta... Julián se echó sobre el colchón al lado de Ricardo. Todos dormían profundamente.

Tenía la intención de pensar en todos los problemas que tenían planteados, pero apenas cerró los ojos el sopor le invadió y se quedó dormido. No oyó ladrar a *Tim*, que había reanudado sus quejas. No oyó el alarido del búho que infundía a la noche en la colina un matiz de horror. No vio cómo la luna se deslizaba sobre el cielo.

A la mañana siguiente, el señor Perton no acudió a despertar a los niños. Se encargó de ello la mujer. Entró en la habitación y los llamó.

–Si queréis el desayuno, bajad a tomarlo.

Se sentaron, asombrados, en sus rudimentarios lechos.

–¡Hola! –dijo Julián, medio dormido aún–. ¿Ha dicho usted el desayuno? Eso suena bien. ¿Hay algún sitio donde podamos lavarnos?

–Podéis lavaros en la cocina –respondió la mujer con hosquedad–. No voy a limpiar ningún cuarto de baño por vuestra culpa.

–Deje la puerta abierta para que podamos salir –observó Julián con aire inocente–. El señor Perton anoche la cerró.

–Eso es lo que dijo –contestó la mujer–, pero no lo ha hecho. No estaba cerrada cuando fui a abrirla esta mañana. Vosotros no lo sabíais, ¿verdad? Apuesto a que habríais curioseado por toda la casa de haberos dado cuenta.

–Es posible –asintió Julián guiñando un ojo a los demás.

Ellos sabían que Julián había planeado buscar a Dick aquella noche y explorar un poco, pero no sabían qué había descubierto. No había querido despertarlos para contárselo por la noche.

–No tardéis mucho –dijo la mujer, y se marchó dejando la puerta abierta.

–Espero que le haya subido algo para desayunar al pobre Dick –suspiró Julián.

Los demás se le acercaron.

–Julián, ¿encontraste a Dick anoche? –susurró Ana.

Su hermano asintió con la cabeza. En voz baja y en pocas palabras les contó todo lo que había descubierto, dónde habían encerrado a Dick, y cómo había oído el ronquido y descubierto el panel, la habitación secreta y el hombre que dormía en ella sin sospechar que él lo había visto.

–¡Julián! ¡Qué emocionante! –exclamó Jorge–. ¿Quién hubiese imaginado algo semejante?

–Sí, muy emocionante. También he descubierto el mecanismo que abre las puertas –prosiguió Julián–. Está en la misma habitación. Bueno, vamos: si no bajamos pronto a la cocina, la mujer vendrá a buscarnos otra vez. Espero que no esté allí el jorobado. No me gusta ni pizca.

El jorobado estaba allí, terminando su desayuno sentado a una mesa pequeña. Puso mala cara a los niños, pero ellos fingieron ignorarlo.

–Habéis tardado mucho –gruñó la mujer–. Allí está la pila, por si queréis lavaros. He puesto una toalla para vosotros. Estáis todos bastante sucios.

–Sí, lo estamos –confirmó Julián, en tono alegre–. Nos hacía mucha falta un baño anoche. Pero no se puede decir que nos hayan recibido muy calurosamente.

Cuando terminaron de lavarse, se dirigieron hacia una mesa grande y bien fregada, sin mantel. La cocinera había dispuesto pan y mantequilla, huevos duros y una jarra de humeante chocolate. Se sentaron y empezaron a servirse. Julián charlaba con gran animación, guiñando un ojo a los demás para indicarles que ellos también hiciesen lo mismo. No permitiría que el jorobado pensase que estaban asustados o preocupados.

–¡Callaos! –ordenó el jorobado de pronto.

Julián no le hizo el menor caso. Continuó hablando y Jorge le siguió la corriente con su valentía habitual. Ana y Ricardo callaron atemorizados al oír la voz furiosa del hombrecillo.

–¿Habéis oído lo que os he dicho? –chilló el jorobado, levantándose de repente de la mesita en que estaba sentado–. ¡Callaos de una vez! ¿Qué es eso de venir a mi cocina y armar este jaleo? ¡A callar!

Julián se levantó también.

–Yo no recibo órdenes de usted, quienquiera que usted sea –dijo, y su voz parecía la de un adulto–. Empiece por tranquilizarse usted o por lo menos sea más cortés.

–¡Oh! ¡No le hables así, por favor! –suplicó la mujer–. Tiene tan mal genio que es capaz de pegarte con un palo.

–Yo también le pegaría a él de buena gana –repuso Julián, enfadado.

Quién sabe lo que hubiese podido ocurrir de no haberse presentado el señor Perton en la cocina. Entró y miró a su alrededor, dándose cuenta de que pasaba algo.

–¿Es que has perdido los estribos otra vez, jorobado? –dijo–. Guarda tu mal genio para cuando lo necesitemos. Probablemente te pediré que lo saques a relucir en cualquier momento, si estos críos no se portan bien.

Observó a los niños con expresión de enfado. Luego miró a la mujer.

–Rooky llegará pronto –le dijo–. Vienen con él uno o dos más. Prepara una comida, una buena comida. Mantén a los chiquillos aquí, jorobado. Y vigílalos. Puede que los necesite luego.

Salió. La mujer se echó a temblar.

–Viene Rooky –le susurró al jorobado.

–Sigue con tu trabajo, mujer –respondió el desagradable hombrecito–. Ve tú misma a buscar las verduras. Yo tengo que vigilar a los niños.

La pobre mujer corría nerviosa de un lado para otro. Ana la miró compadecida. Se acercó a ella.

–¿Quiere que le friegue los platos y los coloque en su sitio? –le preguntó–. Usted tiene mucho trabajo y yo no tengo nada que hacer.

–La ayudaremos todos –dijo Julián.

La mujer le dirigió una mirada asombrada y agradecida. Era evidente que no estaba acostumbrada a los buenos modales ni a ningún tipo de cortesía.

–¡Ja! –exclamó el jorobado con sorna–. A mí no me engañaréis con vuestra zalamería.

Nadie le prestó la menor atención. Los niños empezaron a recoger las cosas del desayuno. Ana y Jorge apilaron los platos en el fregadero y comenzaron a lavarlos.

–¡Ja! –dijo el jorobado otra vez.

–Y ¡ja! también para usted –respondió Julián en un tono agradable, que hizo reír a los demás, y el jorobado frunció el ceño hasta que los ojos le desaparecieron bajo las cejas.

CAPÍTULO 14

Rooky está muy enfadado

Cosa de una hora más tarde se oyó un súbito chirrido. Los chicos se sobresaltaron. Pero Julián sabía qué era.

–Están abriendo las puertas –les dijo.

Entonces recordaron lo que les había contado sobre el mecanismo que abría las puertas, aquel mecanismo que tenía una rueda sobre la cual había un letrero que decía «puerta derecha, puerta izquierda, las dos puertas».

–¿Cómo lo sabes? –preguntó de pronto el jorobado, sorprendido y desconfiado.

–Pues... soy un buen adivino –contestó Julián airosamente–. Corríjame si me equivoco. He comprendido enseguida que estaban abriendo las puertas y además adivino que Rooky está entrando en este momento.

–Como sigas siendo tan perspicaz, un día lo lamentarás –gruñó el jorobado, encaminándose hacia la puerta.

–Eso mismo me dijo mi madre cuando tenía dos años –dijo Julián, y los demás se echaron a reír.

Si era preciso contestar, Julián siempre tenía una respuesta oportuna.

Se acercaron a la ventana y Jorge la abrió. *Tim* estaba allí fuera, sentado. Su ama había suplicado a la mujer que le permitiese entrar, pero ella se había negado. Le había echado algunos restos de comida y le había dicho a Jorge que podía beber en un charco que se había formado en el patio. No podía hacer nada más por él.

–¡*Tim*! –gritó Jorge cuando oyó el ruido de un coche adelantándose por el camino–. *Tim*, quédate ahí, no te muevas.

Tenía miedo de que *Tim* corriese hacia el vehículo y saltase sobre la primera persona que se apease de él. El perro la miró con aire interrogante. Estaba desconcertado con todo aquel asunto. ¿Por qué no se le permitía permanecer dentro de la casa con Jorge? Sabía muy bien que a ciertas personas no les gustaban los perros, pero Jorge no iba nunca a casa de esas personas. También le desorientaba el hecho de que ella no saliese a verle.

Jorge continuaba inclinada sobre la ventana. Él podía oírla, incluso alcanzaría a lamer su mano si se alzara sobre sus patas traseras, apoyándose contra la pared.

–Cierra esa ventana y métete dentro ahora mismo –ordenó con malicia el jorobado. Disfrutaba viendo que Jorge estaba disgustada por haber sido separada de su perro.

–Ahí llega el coche –exclamó Julián.

Echaron una ojeada al exterior y se miraron entre ellos. ¡KMF 102, naturalmente!

El Bentley negro pasó bajo las ventanas de la cocina y siguió hacia la puerta principal. Tres hombres salieron del coche. Ricardo se agachó en el acto, súbitamente pálido.

Julián fijó en él su mirada, levantando las cejas, como para preguntarle si había reconocido a Rooky en uno de aquellos hombres. Ricardo asintió con aire desdichado. Estaba asustadísimo.

El chirrido se dejó sentir de nuevo. Al parecer estaban cerrando la verja. Se oyeron voces en la entrada. Luego los hombres entraron en una habitación y se oyó que cerraban la puerta.

Julián se preguntó si podría deslizarse fuera de la habitación sin que se dieran cuenta e ir a comprobar si Dick se encontraba bien. Inició el movimiento pensando que el jorobado se hallaba demasiado entretenido con un montón de zapatos sucios. Pero su desagradable voz se elevó enseguida.

–¿Adónde vas? Si no obedeces mis órdenes, se lo diré al señor Perton y te aseguro que te arrepentirás.

–Pronto habrá muchos hombres en esta casa que se sentirán profundamente arrepentidos –respondió Julián con una voz tan alegre que crispó los nervios de su oponente–. ¡Vaya con cuidado!

El hombrecillo perdió los estribos y arrojó a Julián el cepillo con que limpiaba los zapatos. Julián lo recogió con destreza en el aire y lo dejó sobre la chimenea.

–Gracias –dijo–. ¿Le gustaría tirar otro?

–¡Oh! No lo irrites –imploró la mujer– No sabes cómo se pone cuando saca el mal genio. No lo hagas, por favor.

La puerta de la habitación donde habían entrado los hombres se abrió y se oyeron los pasos de alguien que subía las escaleras. «Van a buscar a Dick», pensó Julián.

El hombre de la espalda encorvada tomó otro cepillo y siguió limpiando zapatos, refunfuñando por lo bajo. La mujer, entre tanto, seguía preparando la comida. Jorge, Ana y Ricardo prestaban atención, como Julián. Ellos también habían adivinado que el hombre había subido a buscar a Dick para llevarlo ante Rooky.

De nuevo sonaron los pasos, aunque esta vez eran dos

pasos distintos y bajaban en lugar de subir. Sí, debían de ser Dick y el hombre. Reconocían su voz.

–¡Suélteme el brazo! ¡Puedo andar sin que me arrastre! –le oyeron decir indignado. ¡Ah, Dick! No iba a ser arrastrado sin protestar como era debido.

Le hicieron entrar en la habitación donde esperaban los tres hombres. Entonces se oyó una voz:

–Este no es el chico. ¡Idiotas! ¡Os habéis equivocado de chico!

El jorobado y la mujer se miraron el uno al otro, confusos. Algo había salido mal. Fueron hacia la puerta y se quedaron allí en silencio. Los niños se hallaban justo detrás de ellos. Con infinitas precauciones. Julián atrajo a Ricardo hacia atrás.

–Frótate un poco de hollín sobre el pelo –murmuró–, hasta que esté tan negro como te sea posible. Si los hombres vienen aquí para vernos, probablemente no te reconocerán con tanta facilidad si tienes el pelo oscuro. Venga, deprisa, ahora que los demás no se fijan en ti.

Julián apuntaba hacia la reja de la chimenea, cubierta por el hollín. Ricardo extendió sus temblorosas manos y las cubrió con él. Luego las frotó sobre su rubio cabello.

–Más –ordenó Julián en un susurro–, mucho más. ¡Sigue! Me quedaré delante de ti para que los demás no vean lo que haces.

Ricardo frotó más hollín sobre su pelo. Julián asintió. Sí, era suficiente. Ricardo parecía otra persona. Julián esperaba que Ana y Jorge se mostrasen lo bastante sensatas como para no prorrumpir en exclamaciones cuando lo viesen.

Evidentemente había una fuerte discusión en la habitación de la entrada. Las voces iban subiendo de volumen, pero no se podían distinguir muchas palabras desde donde estaban los niños, en la puerta de la cocina.

De repente sonó muy clara la voz de Dick.

—Ya les dije que se habían equivocado. Ahora, déjenme marchar.

De pronto, el jorobado los empujó con brusquedad a todos apartándolos de la puerta, excepto al pobre Ricardo, que se había metido en el rincón más oscuro que pudo encontrar temblando de miedo.

—¡Ya vienen! —susurró—. ¡Fuera de aquí!

Todos obedecieron. El jorobado volvió a sus zapatos, la mujer comenzó a pelar patatas y los niños se dedicaron con afán a hojear unas viejas revistas que habían encontrado.

Los pasos se acercaron hacia la puerta de la cocina.

Alguien la abrió de par en par. Entró el señor Perton y detrás de él otro hombre. No cabía duda de quién era.

Gruesos labios, una nariz enorme... Sí, era el matón Rooky, que había sido guardaespaldas del padre de Ricardo. El hombre que odiaba a Ricardo porque había ido con cuentos sobre él a su padre y porque había sido despedido por su culpa.

Ricardo se encogió más en su rincón. Ana y Jorge se habían dado cuenta del cambio de color de su pelo, pero no habían dicho una palabra. El jorobado y la mujer parecía que no lo habían notado.

Entre los dos hombres entró Dick y los saludó con la mano. Julián sonrió.

Rooky miró a los cuatro niños. Su mirada se detuvo un instante sobre Ricardo y luego se alejó. No lo había reconocido.

—Bueno, señor Perton —dijo Julián—. Me alegra ver que ha hecho usted bajar a mi hermano de la habitación donde lo encerró anoche. Supongo que eso significa que puede venirse con nosotros. No entiendo por qué lo trajo usted aquí y lo encerró.

—Escúchame —empezó el señor Perton, en un tono distinto del que había empleado antes—. Mira, nos hemos equivocado. No necesitáis saber ni el porqué, ni el cómo. Eso no os incumbe. Este no es el niño que buscábamos.

–Ya le dijimos que era nuestro hermano –intervino Ana.

–Cierto –respondió el señor Perton con cortesía–. Siento no haberos creído. Estas cosas ocurren a veces. Bien, queremos haceros un regalo para compensar cualquier incomodidad que hayáis sufrido. Aquí tenéis diez libras para compraros helados y todo eso. Os podéis marchar cuando queráis.

–Y no vayáis con cuentos a nadie –ordenó Rooky con expresión amenazadora–. Nos hemos equivocado, pero no queremos que se hable del asunto. Si se os ocurre decir cualquier tontería, la desmentiremos. Diremos que encontramos a este niño perdido en el bosque, nos dio lástima y lo trajimos aquí a pasar la noche. A vosotros os pillamos intentando entrar en nuestra finca, ¿entendido?

–Perfectamente –asintió Julián con voz fría y un poco burlona–. ¿Podemos marcharnos ahora?

–Sí –dijo el señor Perton.

Metió la mano en su bolsillo y sacó un puñado de billetes. Entregó dos libras a cada uno de los niños. Ellos miraron a Julián para saber si debían aceptar o no. A ninguno le hacía la menor gracia recibir dinero del señor

Perton, pero sabían que no debían rechazarlo si Julián así se lo indicaba.

Julián tomó las dos libras que se le tendían y se las guardó en el bolsillo sin una palabra de agradecimiento. Los otros le imitaron. Ricardo mantuvo la cabeza baja todo el rato, rezando a Dios por que los dos hombres no advirtieran el modo en que le temblaban las piernas. Estaba aterrorizado ante la presencia de Rooky.

–Ahora, ¡largo de aquí! –dijo Rooky cuando se hubieron repartido las diez libras–. Olvidad todo lo que ha pasado o tendréis que lamentarlo.

Abrió la puerta que daba al jardín. Los niños salieron en silencio; Ricardo, procurando ocultarse en medio de ellos. *Tim* los estaba esperando. Dio un ladrido de bienvenida y se arrojó sobre Jorge mostrándole su afecto y lamiendo cada pedazo de ella que se hallaban a su alcance. Volvió la cabeza hacia la puerta de la cocina y gruñó como preguntando: «¿Queréis que entre por alguno de ellos?».

–No –rechazó Jorge–. Tú te vienes con nosotros. Salgamos de aquí lo más pronto posible.

–Dadme vuestro dinero, deprisa –ordenó Julián en voz baja tan pronto como dieron la vuelta a la esquina y estuvieron fuera de la vista de las ventanas. Todos le tendieron el dinero, sorprendidos. ¿Qué pensaba hacer con él?

La mujer había salido fuera para ver cómo se marchaban. Julián la llamó con un gesto. Se acercó dudando.

—Para usted —dijo Julián poniendo el dinero en sus manos—. Nosotros no lo queremos.

La mujer lo tomó, asombrada. Los ojos se le llenaron de lágrimas.

—Es una fortuna. No, no, tomadlo. Sois muy amables y muy buenos.

Julián dio la vuelta, dejando a la mujer allí de pie, asombrada y feliz, mirándolos. Corrió hacia los demás.

—Ha sido una idea muy, muy buena —afirmó Ana con vehemencia, y sus compañeros asintieron.

Todos se compadecían de la pobre mujer.

—¡Vamos! —dijo Julián—. No debemos retrasarnos si queremos llegar cuando se abran las puertas. Escuchad, se puede oír el chirrido que llega desde la casa. Alguien ha puesto el mecanismo en marcha para abrir las puertas. Menos mal, estamos libres y Ricardo también. Ha sido una verdadera suerte.

—Sí. Tenía tanto miedo de que Rooky me reconociese, a pesar de haberme ensuciado el pelo con el hollín —confirmó Ricardo, mucho más alegre–. Mirad. Se ve el final del camino y la puerta está abierta. ¡Somos libres!

–Recogeremos las bicicletas –dijo Julián–. Recuerdo dónde las dejamos. Puedes subirte en la barra de la mía, Ricardo, porque ahora nos falta una. Dick ha de montar en la suya, que fue la que tomaste prestada. Mirad, aquí están.

Montaron sobre sus bicicletas y avanzaron un trecho por el camino. De pronto, Ana lanzó un grito de espanto.

–¡Julián! ¡Las puertas se están cerrando! Rápido, rápido, o nos quedaremos dentro.

Todos vieron con horror que las puertas se cerraban lentamente. Pedalearon lo más rápido que pudieron, pero no sirvió de nada. Cuando llegaron, la puerta estaba bien cerrada. La sacudieron pero no pudieron abrirla. ¡Ahora que casi estaban a salvo!

CAPÍTULO 15

Prisioneros de nuevo

Se dejaron caer sobre la hierba, gimiendo de desesperación.

–¿Por qué lo habrán hecho justo cuando estábamos a punto de salir? –preguntó Dick–. ¿Será una equivocación? Quiero decir que quizá pensaron que ya habíamos salido...

–Bueno, si ha sido una equivocación tiene fácil arreglo –respondió Julián–. Me acercaré en un momento con la bici a la casa y les diré que cerraron las puertas demasiado pronto.

–Sí, hazlo –respondió Jorge–. Te esperaremos aquí.

Pero antes de que Julián hubiese tenido tiempo de montar sobre la bicicleta, llegó hasta ellos el ruido del coche que se acercaba por el largo camino. Los niños se pusieron en pie.

Ricardo se escondió detrás de unas matas, muerto de pánico ante la idea de enfrentarse con Rooky otra vez.

El coche se acercó a los chiquillos y frenó frente a ellos.

–Sí, aquí están todavía –dijo el señor Perton mientras salía del coche. A continuación se apeó también Rooky. Se dirigieron hacia el pequeño grupo.

Rooky les echó una mirada.

–¿Dónde está el otro niño? –preguntó.

–No lo sé –contestó Julián fríamente–. Quizá ha tenido tiempo de salir por la puerta. ¿Por qué cerró las puertas tan pronto, señor Perton?

Pero Rooky había descubierto a Ricardo, temblando detrás de las matas. Fue hacia él y lo arrastró afuera. Lo miró con atención. Luego lo llevó hasta el señor Perton.

–Sí, tal como me había imaginado. Aquí está el pequeño bribón. Se tiznó el pelo con hollín y por eso no lo reconocí. Pero cuando se marchó, estaba seguro de que me resultaba familiar, por eso quise volver a verlo.

Sacudió al pobre Ricardo como un gato sacude a una rata.

–Bueno, ¿y qué quieres que haga ahora? –preguntó el señor Perton, sombrío.

–Retenerlo, por supuesto –dijo Rooky–. Su padre tendrá que pagar una enorme suma si quiere volver a ver a su horrible chico. Nos vendrá muy bien ese dinero. ¿No crees? Y al mismo tiempo este chico me las pagará por todas las mentiras que le contó a su padre sobre mí. ¡Rata asquerosa!

Sacudió otra vez a Ricardo. Julián se adelantó, pálido y furioso.

–¡Ya está bien! –dijo–. Suelte a ese niño. ¿No le parece suficiente lo que ha hecho? Ha encerrado a mi hermano durante toda una noche, no nos permite salir de aquí y ahora quiere cometer un secuestro. Acaba usted de salir de la cárcel y ya quiere volver a ella.

Rooky soltó a Ricardo y se abalanzó sobre Julián. Con un gruñido, *Tim* se lanzó entre los dos y mordió la mano del hombre. Rooky soltó un chillido de rabia y se frotó la mano herida.

–Llama enseguida a este perro, ¿me oyes? –gritó a Julián.

–Lo haré volver si se decide usted a ser razonable –contestó el muchacho, todavía pálido de rabia–. Nos dejará marchar a todos de aquí y ahora mismo. Vuelva a la casa y abra las puertas.

Tim gruñó de una forma espantosa y Rooky y el señor Perton se apresuraron a retroceder unos pasos.

Rooky cogió una gran piedra del suelo.

–Si se atreve a tirarnos esa piedra mandaré al perro que se eche otra vez contra usted –gritó Jorge, temiendo por la suerte de *Tim*.

El señor Perton hizo caer la piedra de la mano de Rooky.

–No seas loco –dijo–. Ese perro nos haría picadillo. Es muy grande. Mírale los dientes, Rooky, déjalos que se marchen.

–No antes de llevar a término nuestros planes –respondió Rooky con furia, todavía frotándose la mano–. Mantenlos a todos prisioneros dentro de la finca. No tardaremos en cumplir con nuestro cometido. Y lo que es más, me llevaré a esa pequeña rata conmigo cuando me marche. ¡Ja! Le enseñaré unas cuantas cosas, y a su padre también.

Tim volvió a gruñir. Estaba tratando de soltarse de la mano de Jorge, que le tenía firmemente asido por el collar. Ricardo tembló cuando oyó las amenazas proferidas por Rooky. Las lágrimas corrieron por sus mejillas.

–Sí, puedes lloriquear todo lo que quieras –le chilló Rooky–. Espera a que te coja. ¡Miserable cobarde! ¡Jamás tuviste ningún valor! Todo lo que sabes hacer es contar mentiras y portarte mal siempre que puedes.

–Mira, Rooky, será mejor que vengas a la casa a curarte la mano –intervino el señor Perton–. Está sangrando mucho. Tienes que lavar y desinfectar la herida. Ya sabes que una mordedura de perro puede ser peligrosa. Ven. Ya te ocuparás luego de los niños.

Rooky se dejó llevar hasta el coche, amenazando a los niños con su puño ileso. Ellos lo contemplaron en silencio.

–¡Mocosos entrometidos! ¡Pequeños...!

El resto de sus agradables palabras se perdió entre el ruido del motor. El señor Perton dio marcha atrás, hizo girar el coche y desapareció cuesta arriba. Los cinco niños se sentaron sobre la hierba. Ricardo empezó de nuevo a sollozar.

–¡Calla, Ricardo! –dijo Jorge con desprecio–. Rooky tiene razón cuando dice que eres un cobarde, sin valor. Ana es mucho más valiente que tú. Ojalá no te hubiésemos conocido.

Ricardo se frotó los ojos con las manos. Las tenía llenas de hollín y se ensució la cara. Tenía un aspecto muy extraño con las manchas de hollín surcadas por las lágrimas. Parecía realmente triste.

–Lo siento –dijo sorbiendo–. Sé que no me creéis, pero os aseguro que lo siento de veras. Siempre he sido un poco cobarde. No puedo evitarlo.

–Sí que puedes –dijo Julián con desdén–. Cualquiera puede dejar de ser un cobarde. La cobardía consiste en preocuparse solo de la propia seguridad, en lugar de pensar en los demás. Incluso Ana se preocupa más por nosotros que de ella misma. Y eso la hace ser valiente. No podría ser cobarde aunque lo intentase.

Aquella idea era completamente nueva para Ricardo. Intentó secarse las lágrimas.

–Haré lo que pueda para ser como vosotros –prometió en voz baja–. ¡Sois todos tan buenos! Jamás he tenido amigos como vosotros. No volveré a defraudaros, de verdad.

–Ya veremos –respondió Julián dubitativo–. Sería ciertamente una sorpresa si te convirtieras de repente en un héroe, una sorpresa muy agradable, por supuesto. Entre tanto, nos serviría de gran ayuda si dejaras de gimotear y nos permitieses hablar.

Ricardo se calmó. Realmente tenía una cara muy extraña con aquellas franjas de hollín.

Julián se volvió hacia los demás.

–Esto es desesperante –dijo–. Justo cuando ya estábamos a punto de salir. ¿Qué pensarán hacer con nosotros? Supongo que nos encerrarán en una habitación y nos dejarán allí hasta que terminen este trabajo. Me imagino que consistirá en llevar al hombre aquel hasta lugar seguro. Me refiero al que vi en el cuarto secreto.

–¿Crees que los padres de Ricardo no darán parte a la policía cuando adviertan su desaparición? –preguntó Jorge acariciando a *Tim*, que no cesaba de lamerla, feliz por tenerla de nuevo a su lado.

–Sí. Pero ¿de qué servirá? La policía no tiene ninguna pista de dónde está –contestó Julián–. Tampoco nadie sabe dónde estamos nosotros. La tía Fanny no se preocupará, de momento, creyéndonos de excursión con nuestras bicis. Ya cuenta con que no le escribiremos.

–¿Tú crees que esos hombres me llevarán con ellos cuando se marchen? –le preguntó Ricardo.

–Esperemos haber encontrado la manera de escapar antes –dijo Julián, no queriendo responder que sí, que sin duda se lo llevarían.

–¿Y cómo podremos escapar? –insistió Ana–. Nunca podríamos escalar estos muros. No creo que nadie se acerque por aquí tampoco. Los vendedores no llegan a estos sitios tan apartados.

–¿Y qué hay del cartero? –preguntó Dick.

–Lo más probable es que ellos mismos se encarguen de ir a buscar el correo cada día –respondió Julián–. Supongo que no desean que nadie venga por aquí. O puede que haya un buzón fuera. No había pensado en ello. Vayamos a verlo.

Fueron a comprobarlo. Pero a pesar de que estiraron los cuellos hasta el máximo para ver al otro lado, no divisaron ningún buzón para que el cartero depositase en él las cartas. Así que la pequeña esperanza que les quedaba de hablar con el cartero y darle un mensaje se esfumó.

–¡Vaya! Ahí viene la mujer, Aggie, o como se llame –exclamó de pronto Jorge.

Tim comenzó a ladrar. Todos volvieron la cabeza. Sí, Aggie avanzaba a buen paso por el camino. ¿Pensaría salir de la finca? ¿Se abrirían las puertas para ella?

Esta esperanza desapareció al acercarse a ellos.

–¡Ah!, aquí estáis. Traigo un mensaje para vosotros. Podéis hacer una de las dos cosas: quedaros todo el día fuera y no poner ni siquiera un pie en la casa, o bien entrar en ella para ser encerrados en una habitación. –Miró a su alrededor con cautela y bajó la voz–. Siento que no hayáis podido marcharos. Ya es bastante malo para una vieja como yo estar atrapada aquí con el jorobado. Pero no es justo encerrar a unos niños en un sitio como este. Y vosotros sois muy buenos chicos.

–Gracias –contestó Julián–. Ya que piensa usted que

somos buenos, quizá quiera ayudarnos. Díganos, entonces ¿hay alguna manera de salir de aquí aparte de por esta puerta?

–No, no hay ninguna –respondió la mujer–. Cuando estas puertas se cierran, la finca es como una cárcel. No se le permite a nadie entrar y solo se puede salir con el permiso del señor Perton y los otros. Así que será mejor que no intentéis huir. No hay escapatoria posible.

Nadie contestó a estas palabras. Aggie miró hacia atrás, como si temiese que alguien la estuviese escuchando, acaso el jorobado. Luego prosiguió en voz baja:

–El señor Perton me ordenó que no os diese mucha comida. También le dijo al jorobado que preparase algo de comida con veneno dentro para el perro. Así que no le permitáis probar bocado sino es de lo que yo traiga.

–¡Es un monstruo! –chilló Jorge, atrayendo a *Tim* hacia ella–. ¿Has oído eso, *Tim*? ¡Qué lástima que no hayas mordido al señor Perton también!

–¡Shhh! –dijo la mujer, asustada–. ¡No alborotéis! No debía haberos dicho esto, ya lo sabéis, pero os habéis portado muy bien conmigo y me regalasteis todo el dinero. Ahora, escuchadme. Será preferible que os quedéis aquí fuera en el jardín. Si estáis encerrados no me atreveré a llevaros más comida. Rooky podría entrar y verla.

Si os quedáis aquí, me será mucho más fácil. Os puedo traer un montón de comida.

—Gracias —repitió Julián, y los demás asintieron—. Preferimos quedarnos aquí. Supongo que el señor Perton teme que tropecemos por casualidad con uno de los secretos de la casa si se nos deja andar libremente por ella. Muy bien, dígale que elegimos el exterior. ¿Qué hay de la comida? ¿Cómo nos las arreglaremos? No queremos causarle molestias, pero siempre estamos hambrientos a las horas de las comidas y una buena comida nos iría de mil maravillas hoy.

—Ya me las arreglaré para que la tengáis —dijo Aggie sonriendo—. Pero ¡cuidado con lo que os he dicho! Sobre todo, que el perro no coma nada de lo que el jorobado le prepare. Estará envenenado.

Alguien chilló dentro de la casa. Aggie levantó la cabeza y prestó atención.

—Es el jorobado, que me llama —les comunicó—. Debo irme ya.

—Vaya, vaya —comentó Julián—. Conque piensan envenenar a *Tim*, ¿eh? Tendrán que discurrir otra cosa mejor, ¿no es verdad?

—¡Guau! —respondió *Tim* con gravedad, sin siquiera mover la cola.

CAPÍTULO 16

Aggie y el jorobado

–Me parece que necesito un poco de ejercicio –dijo Jorge cuando Aggie se hubo marchado–. Vamos a explorar el jardín. ¡Nunca se sabe lo que podemos encontrar!

Se levantaron, contentos de tener algo que hacer para no debatirse en sus por el momento insolubles problemas. ¿Quién hubiera podido pensar ayer, cuando corrían tan contentos en bicicleta, a través del campo soleado, que hoy estarían prisioneros? Uno nunca sabe lo que le puede ocurrir. Claro que esto hace que la vida sea más emocionante. Sin embargo, en este caso, les estropeaba la excursión en bicicleta.

No descubrieron nada interesante en el jardín, salvo dos vacas, muchas gallinas y una nidada de patitos. ¡Vaya! Ni siquiera el lechero necesitaba venir al Nido del Búho. La casa se abastecía por sí sola.

–El Bentley negro debe de ir todos los días a la ciudad para recoger el correo y comprar carne o pescado –dijo Jorge–. Exceptuando estas cosas, el Nido del Búho puede seguir funcionando durante meses sin precisar ningún contacto con el mundo exterior. Me imagino que tendrán un montón de comida enlatada.

–Es raro encontrar un lugar como este, aislado en una colina desierta, olvidado por todo el mundo y escondiendo quién sabe qué secretos –dijo Dick–. Julián, me gustaría saber quién es el hombre que viste en la habitación secreta, el que roncaba.

–Alguien que no desea ser visto ni siquiera por el jorobado o Aggie –respondió Julián–. Alguien a quien la policía se alegraría de encontrar.

–Ojalá pudiésemos salir de aquí –suspiró Jorge con ansia–. No me gusta este sitio. Tengo una sensación desagradable. Y odio la idea de que alguien intente envenenar a *Tim*.

–No te preocupes, no será envenenado –la consoló Dick–. No lo permitiremos. Se comerá la mitad de nuestra ración, ¿verdad que sí, *Tim*?

Tim asintió meneando su rabo. No se apartaba del lado de Jorge esa mañana, sino que se mantenía pegado a ella como una sanguijuela.

–Bueno, ya hemos recorrido todo el jardín y la verdad es que no hay mucho que ver –dijo Julián cuando se acercaban a la casa–. Supongo que el jorobado es quien se ocupa de ordeñar las vacas, dar de comer a los pollos y recoger las verduras. Aggie tiene bastante trabajo con la casa. Mirad, allí está el jorobado. ¡Está preparando la comida de *Tim*!

El hombre les hacía señales desde lejos.

–Aquí tenéis la comida del perro –les chilló.

–No digas una palabra, Jorge –ordenó Julián en voz baja–. Vamos a fingir que *Tim* se la come. Ya la tiraremos luego en algún rincón apartado. Ya verás la cara que pondrán mañana por la mañana, cuando adviertan que todavía vive.

El hombrecillo desapareció en dirección del establo transportando un balde en la mano. Ana soltó una risita.

–Se me ha ocurrido una broma estupenda para gastarle. Fingiremos que *Tim* solo se comió la mitad y que el resto se lo hemos dado a las gallinas y a los patos.

–Y el jorobado se pondrá fuera de sí pensando que se morirán y le echarán una buena bronca –asintió entusiasmada Jorge–. Lo tiene bien merecido. Venid, iremos por la comida.

Corrió a coger la escudilla de comida que había dejado en el suelo. *Tim* la olió y se alejó en el acto. Estaba claro que no le habría hecho mucha gracia si le hubiesen obligado a comérsela. Era un perro muy sensato.

–Deprisa, Julián, cava un hoyo antes de que el jorobado vuelva –dijo Jorge.

Julián se puso a trabajar sonriendo. En un minuto, el hoyo estuvo preparado en la tierra blanda. Jorge echó la comida en él, limpió la escudilla con un puñado de hojas y contempló cómo Julián volvía a rellenar el hoyo con la tierra. Ahora ningún animal correría el peligro de morir envenenado.

–Vámonos al gallinero. En cuanto veamos al jorobado, lo llamaremos –decidió Julián–. Nos preguntará qué estamos haciendo y le soltaremos el cuentito. ¡Venid! Se merece un buen susto.

Se acercaron al gallinero y se quedaron observando a través de la alambrada. Cuando el jorobado salió, se volvieron hacia él y lo saludaron.

Jorge fingió rascar los restos de comida de la escudilla del perro y tirarlos en el gallinero. El jorobado la miró fijamente. Luego corrió hacia ella gritando:

–¡No hagas eso! ¡No lo hagas!

–¿Qué pasa? –preguntó la niña con aire inocente, si-

mulando empujar un resto de comida por la alambrada–. ¿Es que no puedo dar los restos a las gallinas?

–¿Es esta la escudilla de la comida del perro? –preguntó el jorobado con brusquedad.

–Sí –contestó Jorge–. ¡No se lo comió todo y se lo
estoy dando a las gallinas!

El jorobado, furioso, le arrebató la escudilla de las
manos de Jorge.

Ella fingió estar muy enfadada.

–¡Déjeme! ¿Por qué sus gallinas no pueden comer las
sobras de la comida del perro? Tenía muy buen aspecto.

El jorobado observó las gallinas que picoteaban cerca
de los niños y luego fulminó a Jorge con una mirada.

–¡Eres un idiota! ¡Dar de esta comida a mis gallinas!
Te mereces una buena zurra.

Naturalmente, pensaba que Jorge era un chico. Los
otros los miraban con interés. El jorobado se merecía
pasar un buen susto por sus gallinas después de haber
intentado envenenar a *Tim*.

El hombre, desesperado, no sabía qué hacer. Fue a
buscar un cepillo duro a un cobertizo que se alzaba allí
cerca y entró en el gallinero. Evidentemente había decidido barrerlo todo hasta hacer desaparecer cualquier
migaja envenenada que hubiese quedado. Cepilló con

fuerza, de rodillas, y los niños se quedaron contemplándole, contentos de que se castigase a sí mismo en esta forma.

–Jamás había visto a nadie barrer un gallinero hasta ahora –exclamó Dick en voz alta y muy interesado.

–Tampoco yo –le apoyó Jorge en el acto–. Debe de estar muy ansioso por criar debidamente a sus gallinas.

–Yo diría que es un trabajo bastante pesado –intervino Julián–. Estoy contento de no tener que hacerlo yo. Es una lástima barrer así las migajas de comida. ¡Un verdadero desperdicio! –Todos estuvieron de acuerdo.

–Es extraño que este hombre se moleste tan solo porque he dado unas migajas de la comida de *Tim* a sus gallinas –continuó Jorge–. Quiero decir que me parece un poco sospechoso.

–Sí que lo es –confirmó Dick–. A lo mejor es él quien es sospechoso.

El jorobado podía oír con claridad la conversación. Era lo que pretendían los niños, naturalmente. Cesó de barrer y les chilló con malicia.

–¡Fuera de aquí, sabandijas! –gritó levantando el cepillo, como si fuera a perseguirlos con él.

–Parece una gallina enojada –exclamó Ana uniéndose al coro de burlas de sus compañeros.

–Solo cacarea –intervino Ricardo.

Todos se echaron a reír.

El jorobado corrió a abrir la puerta del gallinero, rojo de ira.

–Claro que podría haber puesto veneno en la comida de *Tim* –dijo Julián en voz alta–. Por eso se muestra tan preocupado por sus gallinas.

La mención del veneno frenó de súbito la acometida del jorobado. Tiró el cepillo al interior del cobertizo y se fue hacia la casa sin decir una palabra.

–Bueno, le hemos dado su merecido –sonrió Julián.

–Y vosotras, gallinas, no os preocupéis –dijo Ana, siempre compasiva, acercando su cara a la alambrada del gallinero.

–Aggie nos llama –les avisó Ricardo–. Mirad, puede que nos traiga algo de comer.

–Así lo espero –dijo Dick–. Tengo mucha hambre. Es curioso, los adultos nunca parecen estar tan hambrientos como los niños. Me dan lástima.

–¿Por qué? ¿Te gusta tener hambre? –preguntó Ana mientras se encaminaban hacia la casa.

–Sí, cuando sé que me espera una buena comida –replicó Dick–. En caso contrario, no tendría ninguna gracia. ¡Oh! ¿Qué es eso?

Sobre el reborde de la ventana se veía un pan con aspecto de llevar cocido mucho tiempo y un trozo de queso duro y muy amarillento. Nada más.

El jorobado estaba allí, vigilándolos con una perversa sonrisa.

–Aggie dice que esa es vuestra comida –dijo, al mismo tiempo que se sentaba ante la mesa y se servía grandes cantidades de un estofado muy apetitoso.

–Una pequeña venganza por nuestra conducta en el gallinero –murmuró Julián–. Bueno, no me esperaba esto de Aggie. ¿Dónde se habrá metido?

En aquel momento salía por la puerta de la cocina, llevando una canasta que parecía llena de ropa.

–Voy a tender esto, jorobado. Vuelvo enseguida –le gritó. Se volvió hacia los niños y les guiñó un ojo–. Allí tenéis vuestra comida, sobre el alféizar de la ventana. Cogedla e idos donde os parezca a despacharla. Al jorobado y a mí no nos agrada que andéis rondando por la cocina.

De repente sonrió e hizo un gesto señalando hacia la canasta de la ropa.

Los niños comprendieron en el acto. La verdadera comida se hallaba dentro de ella. Cogieron el pan y el queso de la ventana y la siguieron. Ella depositó la canasta debajo de un árbol, bien escondido de la casa. Había una cuerda para tender la ropa atada a él.

–Luego vendré a tender mi colada –dijo, y con una sonrisa que transformó por completo su semblante, volvió a la casa.

–Qué buena es Aggie –exclamó Julián, levantando la ropa–. ¡Basta con mirar aquí!

CAPÍTULO 17

Julián tiene
una idea brillante

Aggie se las había arreglado para meter cuchillos, tenedores, cucharas, platos y vasos en el fondo de la canasta. Había dos grandes botellas de leche, un pastel de carne recubierto con un hojaldre delicioso y gran cantidad de bollos, galletas y naranjas. Incluso les había preparado unos dulces caseros. Aggie había sido muy generosa.

Vaciaron la canasta a toda prisa y se llevaron las provisiones detrás de unas matas. Se sentaron sobre el suelo y empezaron a comer un almuerzo maravilloso. *Tim* recibió su parte del pastel de carne y muchas galletas. También se tragó gran parte del queso duro y amarillo.

–Ahora será mejor que lo lavemos todo en aquella fuente y volvamos a empaquetarlo y guardarlo en el fondo de la canasta –dijo Julián–. No me gustaría que Aggie tuviera problemas por su amabilidad.

Pronto los cacharros estuvieron limpios y colocados dentro de la canasta. Los cubrieron con la ropa de manera que no se notase nada.

Aggie volvió sobre una media hora más tarde. Los niños se acercaron a ella y le hablaron en voz baja.

–Gracias, Aggie. Estaba todo delicioso.

–Es usted muy amable. Hemos disfrutado de lo lindo.

–Apostaría a que el jorobado no gozó con su comida tanto como nosotros.

–¡Shhh! –exclamó Aggie, contenta y asustada a la vez–. Jamás se sabe cuándo el jorobado puede estar escuchando. Tiene un oído de liebre. Escuchad. A la hora del té iré a recoger los huevos del gallinero. Llevaré una cesta para transportarlos y pondré vuestra merienda en ella. Dejaré la cesta en el gallinero y me marcharé un momento. Entonces vosotros podéis ir a recogerla.

–¡Es usted maravillosa, Aggie! –dijo Julián.

Aggie parecía contenta. Era evidente que nadie le había dirigido jamás una palabra amable ni la había admirado desde hacía una eternidad. Era una pobre, desdichada y asustada mujer, que estaba disfrutando con su pequeño secreto. También se alegraba de poder engañar al jorobado. Aquello constituía una pequeña venganza por todos los años que la había maltratado.

Tendió parte de la ropa de la canasta, dejando algunas prendas para tapar las cosas del amuerzo, y regresó a la casa.

–¡Pobre mujer! –dijo Dick–. ¡Qué vida más triste!

–Sí, no me gustaría verme obligado a vivir durante años con rufianes como Perton y Rooky –corroboró Julián.

–Me parece que llevamos camino de ello si no nos damos prisa en pensar un plan para escapar –afirmó Dick.

–Sí, vale más que nos dediquemos a fondo a la cuestión –asintió Julián–. Venid hacia aquellos árboles. Podemos sentarnos sobre la hierba y hablar sin ser oídos desde ninguna parte.

–Mirad, el jorobado le está sacando brillo al Bentley negro –dijo Jorge–. Voy a aproximarme a él y haré que *Tim* le ladre, para que vea que sigue vivo.

Se llevó a *Tim* hasta las proximidades del Bentley y, naturalmente, el perro ladró con fuerza cuando Jorge se lo indicó. El jorobado se metió a toda prisa en el coche, cerrando la portezuela tras él. Jorge sonrió.

–¡Hola! –dijo–. ¿Va usted de paseo? ¿Podemos *Tim* y yo ir con usted?

Hizo como si pensase abrir la puerta y el jorobado chilló:

–No dejes que ese perro entre en el coche. Ya he visto la mano de Rooky. No quiero que ese perro se me acerque.

–Llévenos de paseo –insistió Jorge–. A *Tim* le encantan los coches.

–¡Fuera de aquí! –chilló el hombre, agarrándose a la manija de la puerta como para proteger su vida–. Tengo que limpiar el coche del señor Perton para esta noche sin falta. Déjame salir y terminar mi trabajo.

Jorge se echó a reír y fue a reunirse con los demás.

–Bueno, ya pudo comprobar que *Tim* continúa con vida –dijo Dick con una sonrisa–. Desde luego es una suerte. Tendríamos muchos más problemas si no tuviésemos a *Tim* para protegernos.

Se dirigieron hacia los árboles y se sentaron en el suelo.

–¿Qué dijo el jorobado acerca del coche? –preguntó Julián.

Jorge se lo explicó. El chico parecía pensativo. Ana conocía esa mirada. Julián estaba ideando un plan.

–Julián, has tenido una idea, ¿verdad? ¿Cuéntanos?

–Bueno, estaba pensando en algo... –empezó a decir Julián despacio–. En ese coche y en el hecho de que el señor Perton se va en él esta noche... Eso significa que tendrán que abrir la verja...

—¿Y qué? —dijo Dick— ¿Es que piensas irte con él?

—Exacto —replicó Julián sorprendiéndolos—. Veréis, si no se marcha hasta que oscurezca me parece que lograré meterme en el maletero y esconderme en él hasta que el coche se detenga en algún sitio. Luego podría abrirlo, salir de él e ir a buscar ayuda.

Todos se quedaron mirándolo en silencio. Los ojos de Ana centellearon de alegría.

—¡Oh, Julián! ¡Es un plan fantástico!

—Suena muy bien —corroboró Dick.

—La única pega es que no me gusta quedarme aquí sin Julián —dijo Ana sintiéndose asustada de repente—. Todo va bien cuando Julián está con nosotros.

—Podría ir yo —se ofreció Dick.

—O yo misma —añadió Jorge—. Pero... —titubeó—, no habría sitio para *Tim* también.

—El maletero parece bastante grande por fuera —dijo Julián—. Me gustaría poderme llevar a Ana conmigo y ponerla a salvo. Los demás estaréis bien mientras tengáis a *Tim*.

Discutieron el asunto a conciencia y no callaron hasta la hora del té, cuando vieron llegar a Aggie con la cesta para recoger los huevos. Les hizo una seña para que no se acercasen a ella. Probablemente alguien los estaba vigilando. Se quedaron donde estaban y la observaron. Se quedó allí poco tiempo, y salió con la cesta llena de huevos recién puestos. Se alejó en dirección a la casa, sin siquiera echar una ojeada a los niños.

–Iré a ver si dejó algo en el gallinero –dijo Dick.

Pronto apareció de nuevo sonriente.

Aggie les había dejado unos doce sándwiches de carne, un gran trozo de pastel de cerezas y una botella de leche. Los niños se ocultaron detrás de las matas y Dick vació sus bolsillos.

–También dejó un hueso para *Tim* –dijo.

–Supongo que será bueno –dijo Jorge en tono de duda.

Julián lo olió.

–Perfectamente fresco –dijo–. Nada de veneno. Aggie no nos jugaría una mala pasada como esa.

Después de la merienda se sintieron muy aburridos, hasta que Julián organizó unas carreras y unas competiciones de saltos. Claro que *Tim* les hubiese ganado a todos si le hubiesen contado como participante. Pero no lo dejaron. Aun así, tomó parte en todo y ladró con tanta fuerza que el señor Perton se asomó a la ventana y les chilló que lo hiciesen callar.

–Lo siento –le contestó Jorge–. ¡Es que está tan contento hoy!

–El señor Perton estará intrigado –comentó Julián con una sonrisa–. Le hará una escena al jorobado por haber fallado con el asunto del veneno.

Cuando empezó a oscurecer, los niños se acercaron con cautela al coche. El jorobado había terminado su trabajo en él. Julián abrió silenciosamente el maletero y examinó el interior. Lanzó una exclamación de disgusto.

–Es demasiado pequeño. Me temo que no cabré en él. Ni tú tampoco, Dick.

–Entonces iré yo –propuso Ana con una vocecita temblorosa.

–De ninguna manera –exclamó a su vez Julián.

–Bueno, iré yo –dijo Ricardo ante la sorpresa de sus amigos–. Encogiéndome, creo que cabré, aunque, desde luego, muy justo.

–¡Tú! –dijo Dick–. Te morirías de miedo.

Ricardo guardó silencio por un momento.

–Sí, tendré mucho miedo –admitió al fin–. Pero estoy dispuesto a intentarlo. Haré cuanto esté en mi mano si me permitís probar. Al fin y al cabo, o voy yo o no puede ir nadie. No se lo consentiréis a Ana y no hay bastante sitio para Jorge con *Tim*, ni tampoco para Julián o Dick.

Todos estaban atónitos. No parecía muy propio de Ricardo ofrecerse para una acción desinteresada y valerosa. Julián dudaba.

–¿Sabes, Ricardo?, esto es algo muy serio –le dijo–. Quiero decir que, si vas, tienes que hacerlo bien, seguir hasta el final y no asustarte a mitad de camino y echarte a llorar para que esos bandidos te oigan y miren en el maletero.

–Lo sé –respondió Ricardo–. Creo que puedo hacerlo bien. Me gustaría que confiaras un poco en mí.

–No comprendo el porqué de tu ofrecimiento para algo tan difícil –dijo Julián–. Es algo extraño en ti. Hasta ahora no has demostrado poseer mucho valor.

–Julián, yo creo que lo entiendo –dijo Ana de repente, tirando de la manga de su hermano–. Por una vez está pensando en nosotros y no en sí mismo. O, por lo menos, lo intenta. Creo que merece que le demos la oportunidad de demostrar que tiene algo de valor.

–Yo solo os pido una oportunidad –murmuró Ricardo en voz baja.

–Muy bien –asintió Julián–, la tendrás. Nos darás una sorpresa muy agradable si consigues algo.

–Dime exactamente lo que debo hacer –dijo Ricardo tratando de hablar sin que le temblase la voz.

–De acuerdo. Tan pronto como te hayas metido dentro del portaequipajes, nosotros nos encargaremos de cerrarlo. No sé cuánto tiempo te tocará esperar en la oscuridad. Te advierto que no vas a estar muy cómodo en él. Y cuando se ponga el coche en marcha será mucho más incómodo.

–¡Pobre Ricardo! –suspiró Ana.

–Tan pronto como el coche se detenga en cualquier sitio y oigas que los hombres salen de él, esperas uno o dos minutos hasta que se alejen, y luego sales del maletero y corres en busca del primer puesto de policía –prosiguió Julián–. Cuéntales tu historia sin entretenerte en detalles y dales esta dirección. El Nido del Búho en la Colina del Búho, a unos cuantos kilómetros del Bosque de Middlecombe. La policía sabrá cómo resolver la situación. ¿Comprendido?

–Sí –contestó Ricardo.

–¿Todavía quieres ir, ahora que conoces todas las dificultades? –preguntó Dick.

–Sí –repitió Ricardo.

Fue sorprendido por un cálido abrazo de Ana.

–Ricardo, eres valiente. ¡Y yo que pensaba que no lo eras...!

Julián le dio una palmada sobre la espalda.

—Bueno, Ricardo, lleva este asunto hasta el final y olvidaremos todas las tonterías que has hecho hasta ahora. Bien, ¿qué te parece si te metes en el maletero? No sabemos cuándo saldrán los hombres.

—Sí, me meteré ahora mismo —respondió Ricardo, sintiéndose muy valiente después del abrazo de Ana y la palmada de Julián.

Este abrió el maletero. Examinó la cara interna de su puerta.

—No creo que se pueda abrir desde dentro —dijo—. En efecto, no se puede. La cerraremos dejando una pequeña abertura sirviéndonos de un palito o algo por el estilo. Así podrá respirar y además podrá abrirla desde el interior cuando quiera. ¿Dónde hay un palito?

Dick encontró uno. Ricardo entró en el maletero y se encogió cuanto pudo. No había mucho sitio, ni siquiera para él. Probablemente llegaría a sentir calambres. Julián cerró el maletero y lo sujetó con el palo, dejando una rendija de menos de un centímetro.

—¡Venga! ¡Deprisa! ¡Viene alguien! —gritó Dick.

CAPÍTULO 18

Buscando a Ricardo

Miraron hacia la casa y vieron al señor Perton en la puerta principal, iluminado por la lámpara del pasillo. Hablaba con Rooky, quien, al parecer, no iba a salir. Solo el señor Perton iba a salir con el coche.

–¡Buena suerte, Ricardo! –murmuró Julián.

Y él y los demás se alejaron para ocultarse entre las sombras del otro lado del camino.

Se quedaron allí en la oscuridad, observando al señor Perton encaminarse hacia el coche. Entró en él y cerró la puerta. ¡Menos mal que no había necesitado guardar nada en el maletero!

El motor se puso en marcha y el coche se alejó por el camino. Al mismo tiempo se oyó el chirrido del mecanismo de las puertas.

–Las puertas se abren para él –susurró Dick.

Oyeron el coche avanzar por el camino y atravesar las puertas sin frenar. Tocó la bocina tan pronto como se encontró del otro lado, una especie de señal para los de la casa. Las puertas, que se habían abierto en el momento oportuno, se estaban cerrando ahora, a juzgar por el ruido que producían.

La puerta principal de la casa se cerró también. Los niños permanecieron allí, silenciosos, durante unos minutos, pensando en Ricardo encerrado en el maletero.

–Jamás me hubiese esperado algo así por su parte –dijo Jorge.

–No, yo tampoco. Pero uno no puede saber qué hay en el interior de los demás –respondió Julián, pensativo–. Supongo que incluso el peor de los cobardes, el mayor mentiroso, incluso el peor criminal, puede encontrar algo bueno en él si pone todo el empeño.

–Sí. Es ese empeño lo que falta generalmente –dijo Dick–. Mirad, allí está Aggie, en la puerta de la cocina. Nos llama.

Fueron hacia ella.

–Podéis entrar ahora –les dijo–. Me temo que no podré daros una gran cena, porque el jorobado estará aquí. Intentaré dejaros algo más en vuestra habitación, debajo de las mantas.

Entraron en la cocina. El ambiente resultaba agradable, con el fuego de leña y la suave luz de una lámpara de aceite. El jorobado estaba en el otro extremo de la estancia, muy atareado con un trapo y betún. Al ver a *Tim*, profirió uno de sus acostumbrados gritos.

–Sacad a ese perro y dejadlo fuera –les ordenó.

–No –respondió Jorge con decisión.

–Entonces se lo diré a Rooky –amenazó el hombre.

No se había dado cuenta, ni Aggie tampoco, de que no había más que cuatro niños en vez de cinco.

–Bueno, si Rooky se atreve a acercarse, *Tim* le morderá la otra mano –replicó Jorge, desdeñosa–. De todos modos, ¿no cree que se sorprenderá mucho al ver que *Tim* sigue todavía vivo y coleando?

No se dijo una palabra más sobre el perro. Aggie puso en silencio los restos de una tarta de ciruelas sobre la mesa.

–Aquí está vuestra cena –dijo.

Les tocó un trozo muy pequeño a cada uno. Estaban a punto de terminar, cuando el jorobado abandonó la habitación. Aggie aprovechó la ocasión para murmurar:

–Oí la radio a las seis. Transmitieron un mensaje de la policía sobre uno de vosotros llamado Ricardo. Al parecer, su madre denunció su desaparición y la policía pidió noticias por la radio.

–¿De verdad? –preguntó Dick–. Entonces pronto aparecerán por aquí.

–Pero ¿saben dónde estáis? –preguntó Aggie sorprendida.

Dick denegó con la cabeza.

–Todavía no, aunque supongo que pronto encontrarán nuestra pista y la seguirán hasta aquí.

Aggie parecía dudarlo.

–Nadie ha sido seguido hasta aquí todavía, y creo que jamás lo será. Una vez vino la policia buscando a alguien y el señor Perton les permitió pasar con mucha educación. Registraron la casa y toda la finca, pero no consiguieron hallar al hombre que buscaban.

Julián le dio un significativo empujoncito a Dick. Él sabía muy bien dónde se había ocultado aquel hombre: en la pequeña habitación secreta situada detrás del panel que se deslizaba.

–¡Qué curioso! No he visto ningún teléfono en la casa. ¿No tienen?

–No –contestó Aggie–. No hay teléfono, ni gas, ni electricidad, ni agua corriente, ni nada. Solo secretos y señales, idas y venidas, amenazas y...

Se detuvo de pronto. El jorobado volvió a entrar y se acercó a la gran chimenea donde una tetera se calentaba sobre los trozos de leña encendidos. Miró a los niños.

–Rooky pregunta por el que se llama Ricardo –dijo con una sonrisa escalofriante–. Dice que quiere enseñarle algunas lecciones.

Los cuatro suspiraron con alivio por el hecho de que Ricardo estuviese lejos de ellos. Estaban seguros de que no le hubiesen gustado en absoluto las lecciones que Rooky pretendía darle.

Se miraron el uno al otro, fingiendo sorpresa, y luego dirigieron sus miradas alrededor de la habitación.

–¿Ricardo? ¿Dónde está Ricardo?

–¿Qué queréis decir? ¿Dónde está Ricardo? –preguntó el hombre, con voz tan amenazadora que *Tim* le dirigió un furioso gruñido–. Uno de vosotros se llama Ricardo, esto es todo lo que sé.

–¡Caramba! Eran cinco niños y ahora no hay más que cuatro –exclamó Aggie de repente, muy sorprendida–. Acabo de darme cuenta. ¿Es Ricardo el que falta?

–¿Dónde se habrá metido Ricardo? –dijo Julián, simulando un gran asombro. Llamó–: ¡Ricardo! ¡Ricardo! ¿Dónde estás?

El hombrecillo parecía a punto de estallar de cólera.

–Nada de trampas ahora. Uno de vosotros tiene que ser Ricardo. ¿Cuál?

–Ninguno de nosotros –contestó Dick–. Caramba, ¿dónde puede haberse quedado Ricardo? ¿Crees que nos lo hemos dejado en el jardín, Julián?

–Eso me imagino –aseguró Julián. Fue hacia la ventana de la cocina y la abrió de par en par–. ¡Ricardo! –gritó–. ¡Ricardo, te llaman!

Naturalmente, no hubo el menor indicio del tal Ricardo. Se hallaba a muchos kilómetros de allí, en el maletero del Bentley negro.

Se oyó el ruido de pasos en la entrada y la puerta de la cocina se abrió de un empujón. Rooky apareció en el umbral, enfadado, con su mano vendada. Con un ladrido de alegría, *Tim* saltó hacia delante. Jorge alcanzó a sujetarlo a tiempo.

–¡Dichoso perro! ¿No te he mandado que lo envenenases? –chilló Rooky, furioso–. ¿Por qué no me has traído a ese niño, jorobado?

El jorobado parecía asustado.

–Parece que no está –trató de disculparse–. A no ser que sea uno de ellos.

Rooky los miró.

—No, no es ninguno de ellos. ¿Dónde está Ricardo? —le preguntó a Julián.

—Lo estaba llamando —respondió Julián haciéndose el sorprendido—. ¡Qué cosa más rara! Ha estado todo el día con nosotros y ahora no aparece por ningún lado. ¿Puedo ir a buscarle fuera?

—Lo llamaré otra vez —se ofreció Dick con muy buena voluntad, acercándose a la ventana—. ¡Ricardo!

—¡Calla! —ordenó Rooky—. Iré yo mismo y os aseguro que lo atraparé. ¿Dónde está mi linterna? Tráemela, Aggie. Cuando lo localice lo va a sentir mucho... pero que muy mucho.

—Yo también saldré —dijo el jorobado—. Tú vas por un lado y yo por el otro.

—Llama a Ben y Fred para que nos ayuden —respondió Rooky.

El jorobado marchó en busca de Ben y Fred, quienesquiera que fuesen. Los niños supusieron que se trataba de los hombres que habían llegado con Rooky la noche anterior.

Rooky salió por la puerta de la cocina con su potente linterna. Ana se estremeció, aliviada por la idea de que no lograrían dar con Ricardo por mucho que buscasen por todas partes. Pronto otras voces se mezclaron con las de Rooky y el jorobado. Los hombres se separaron en dos bandos e iniciaron su búsqueda.

–¿Dónde estará el pobre niño? –murmuró Aggie.

–No lo sé –respondió Julián sin mentir.

De ninguna manera revelaría su secreto a Aggie, a pesar de lo bien que se portaba con ellos.

La mujer abandonó también la habitación y los niños se agruparon, hablando en voz baja.

–Ha sido una suerte que se haya marchado Ricardo y no uno de nosotros –murmuró Jorge.

–¡Desde luego! No me gustó nada la cara de Rooky cuando entró antes en la cocina –corroboró Julián.

–Bueno, Ricardo tiene ya una pequeña recompensa por su intento de mostrarse valeroso –comentó Ana–. Se ha salvado de verse maltratado por Rooky.

Julián miró el reloj de la cocina.

–¡Mirad! Son casi las nueve. Hay una radio en este estante. La pondremos por si oímos algún mensaje sobre Ricardo.

Encendió la radio y dio vueltas al dial hasta que captó la emisora adecuada. Después de unos minutos de noticias, llegó el mensaje que anhelaban oír.

«Falta de su casa, desde el miércoles, Ricardo Thurlow Kent, un chico de doce años, de fuerte constitución, cabello rubio, ojos azules, vestido con pantalón corto gris y suéter gris. Probablemente iba en bicicleta...».

El mensaje acababa comunicando el número de teléfono del puesto de policía adonde se podía llamar. No había ninguna noticia concerniente a Julián y a los demás. Se sintieron aliviados.

–Eso significa que mamá no sabe nada y, por tanto, no está preocupada –dijo Jorge–. Lo malo es que también quiere decir que, a no ser que Ricardo consiga auxilio, nadie podrá jamás encontrarnos aquí. Si no se nos da por desaparecidos no nos buscarán, y la verdad es que no quiero seguir mucho más tiempo en este lugar.

Ninguno de ellos quería, como es lógico. Todas sus esperanzas estaban ahora en Ricardo. No parecía muy fiable, pero nunca se sabía. Quizá consiguiese escaparse del maletero sin que lo vieran y llegar a un puesto de policía.

Al cabo de casi una hora, Rooky y sus compinches regresaron furiosos. Rooky se dirigió hacia Julián.

–¿Dónde se ha metido ese crío? Tú tienes que saberlo.

–¡Grrrrr! –intervino *Tim* inmediatamente.

Rooky indicó a Julián que se acercase a la entrada. Cuando salió, cerró la puerta de la cocina y le gritó de nuevo.

–Bueno, ya me has oído. ¿Dónde está ese niño?

–¿No está en el jardín? –respondió Julián con aire preocupado–. ¿Qué ha podido ocurrirle? Le prometo que durante todo el día no se ha separado de nosotros. Aggie puede confirmárselo y el jorobado también.

–Ya me lo han dicho –dijo Rooky–. Pero no está en el exterior. Hemos mirado por todas partes. ¿Adónde se ha ido?

–¿Podría estar en algún lugar de la casa? –sugirió Julián inocentemente.

–Imposible –aseguró Rooky, rabioso–. La puerta principal ha permanecido cerrada todo el día, excepto cuando salió Perton. Y el jorobado y Aggie aseguran que no entró en la cocina.

–Un verdadero misterio –comentó Julián–. ¿Me permite buscarlo por la casa? Los demás podrían ayudarme. *Tim* olfatearía enseguida su pista.

–Ese perro no se moverá de la cocina –aseguró Rooky–. Ni ninguno de vosotros. Me imagino que ese endiablado chiquillo se habrá ocultado en alguna parte y estará riéndose de todos nosotros. Y también supongo que tú sabes dónde.

–No lo sé –dijo Julián–. Le digo la verdad.

–Como lo encuentre, le... le... –Rooky se calló, incapaz de pensar en algo lo bastante malo para el pobre Ricardo.

Fue a reunirse con los demás, murmurando amenazas entre dientes. Julián, aliviado, regresó a la cocina, muy contento de que Ricardo se hallase fuera del alcance de aquellos bandidos. Cierto que se había librado por pura casualidad, pero qué afortunada casualidad... ¿Dónde estaría ahora Ricardo? ¿Qué estaría haciendo? ¿Seguiría en el maletero del coche? ¡Cómo deseaba saberlo!

CAPÍTULO 19

Ricardo
vive su propia aventura

Ricardo estaba en aquel momento muy nervioso y emocionado. Había partido con el coche, agazapado en el maletero, clavándosele en el cuerpo una caja de herramientas y revolviéndole el estómago el olor de una lata de gasolina.

El coche atravesó las puertas y emprendió la bajada de la colina. Avanzaba a gran velocidad en dirección desconocida. Una vez se detuvo de repente. Al girar en una curva estuvo a punto de chocar con un camión, por lo que el señor Perton tuvo que frenar en seco. El pobre Ricardo se llevó un susto terrible. Se golpeó la cabeza contra la tapa y dejó escapar un gemido.

Estaba acurrucado en su estrecho escondite, sintiéndose enfermo y asustado. Empezó a lamentar el haber pretendido convertirse en un héroe. Deseaba chillar pidiendo auxilio. Cualquiera que fuera el tipo de heroicidad elegido resultaba difícil, pero aquello era algo espantoso. El coche continuó durante algunos kilómetros. Ricardo no tenía idea de adónde se dirigía. Al principio no oyó ninguna señal de tráfico, luego percibió el ruido de ruedas sobre la carretera y comprendió que se acercaba a una ciudad. En algún momento debieron pasar cerca de una estación de ferrocarril, porque Ricardo distinguió con claridad el ruido de un tren y luego un fuerte silbido.

Por fin el coche se detuvo. Ricardo escuchó con atención. ¿Se habría parado en algún semáforo o bien era que el señor Perton abandonaba el coche? En este caso esta suponía su mejor oportunidad para escapar.

Oyó que se cerraba la portezuela. ¡Ah!, entonces el señor Perton estaba ya fuera del coche. Ricardo, después de esperar un poco, empujó con fuerza la tapa del maletero. Julián la había apretado bastante bien, pero al fin cedió y se abrió, cayendo hacia atrás con bastante ruido.

Ricardo miró a su alrededor con cautela. Se encontraba en una calle oscura. Algunas personas caminaban por la acera de enfrente. Un poco más lejos se veía un farol. ¿Podía salir ahora, o andaría el señor Perton cerca?

Estiró una pierna para deslizarse fuera y saltar al suelo, pero había permanecido en aquella incómoda posición durante tanto tiempo que se sentía demasiado rígido para moverse. Le asaltó un súbito calambre y se sintió sumamente desdichado mientras intentaba enderezarse. En lugar de salir corriendo, se veía forzado a moverse con desesperante lentitud. Sus piernas y brazos no le respondían. Se quedó sentado por unos segundos, pugnando por obligarse a sí mismo a salir de allí.

¡Y entonces oyó muy cerca la voz del señor Perton! Bajaba en aquel momento las escaleras de la casa frente a la cual había aparcado el coche. Ricardo se horrorizó al verlo. No se le había ocurrido que pudiera volver tan pronto.

Probó de nuevo a saltar fuera del maletero y se cayó al suelo. El señor Perton sintió el ruido que produjo al caer y, pensando que alguien pretendía robar algo de la parte de atrás del coche, corrió hacia él.

Ricardo se puso en pie justo a tiempo para escabullirse de la mano que el señor Perton había alargado ya en su dirección. Se lanzó a toda la velocidad que le permitían sus entumecidas piernas hacia la acera de enfrente de la calle, con la esperanza de que sus rígidos miembros no le fallaran. El señor Perton se apresuró tras él.

–¡Eh, tú, para! ¿Qué hacías dentro de mi coche? –gritó el señor Perton.

Ricardo esquivó a un transeúnte y prosiguió su alocada carrera, asustadísimo. No debía dejarse coger.

El señor Perton le alcanzó al llegar al farol. Lo asió por el cuello y lo hizo girar bruscamente.

–¡Suélteme! –chilló Ricardo.

La emprendió a patadas contra los tobillos del hombre, con tanta fuerza que casi lo tiró por el suelo.

El señor Perton lo reconoció.

–¡Eres tú! –gritó–. El niño de Rooky. ¿Qué haces aquí? ¿Cómo pudiste...?

Con un último y desesperado esfuerzo, Ricardo se escapó abandonando su chaqueta en manos del señor Perton. Sus piernas iban recobrando su elasticidad y podía ya correr más deprisa.

Dio la vuelta a la esquina, tropezando con un chico. Estaba lejos antes de que el asombrado chiquillo alcanzara a emitir un solo grito. El señor Perton giró a su vez en la esquina y fue a tropezar contra el mismo obstáculo. Esta vez el chico, con más agilidad que la primera vez, agarró al señor Perton por el abrigo, fuera de sí por haber sido golpeado dos veces seguidas.

Cuando el señor Perton consiguió deshacerse del furioso chico, Ricardo había desaparecido de su vista. El hombre corrió hacia la esquina y miró la mal alumbrada calle.

–¡Lo he perdido! ¡Maldita alimaña! –exclamó con rabia–. ¿Cómo llegó hasta aquí? ¡Ah, por allí va!

En efecto, Ricardo se había escondido en un jardín, pero el furioso ladrido de un perro le obligó a abandonar su refugio. Desesperado, abrió la verja y empezó a correr otra vez. El señor Perton lo siguió.

Estaba sin aliento. Dio vuelta a otra esquina con la esperanza de que a ningún transeúnte se le antojase detenerlo. El pobre Ricardo ya no se sentía nada heroico ni disfrutaba con aquella aventura.

Se tambaleó en la esquina siguiente y llegó a la calle principal de la ciudad. Allí enfrente había una señal luminosa que le dio la bienvenida:

«POLICÍA»

Agradecido, Ricardo subió los escalones y empujó la puerta del puesto de policía. Casi se cayó dentro. Se encontró en una especie de sala de espera con un agente sentado ante una mesa. Miró sorprendido a Ricardo al verle entrar con aquella premura.

–Bueno, ¿qué significa esto? –preguntó.

Ricardo se volvió asustado hacia la puerta, esperando que el señor Perton entrara en cualquier momento. No lo hizo. La puerta siguió cerrada. El señor Perton no entraría en ningún puesto de policía por poco que pudiese evitarlo, sobre todo pensando que Ricardo podría haber empezado con su historia.

Ricardo jadeaba tanto que al principio no logró pronunciar una sola palabra. Luego le salió todo a la vez. El agente le escuchó atónito. Cuando terminó su relato, llamó a un hombre corpulento, que resultó ser un importante inspector de policía.

Pidió a Ricardo que se lo repitiese todo despacio y tan claro como le fuera posible. El niño se sentía mucho mejor y orgulloso de sí mismo. ¡Pensar que lo había conseguido, que había salido del maletero, escapado del señor Perton, y que había llegado sano y salvo al puesto de policía! ¡Maravilloso!

–¿Dónde está el Nido del Búho? –preguntó el inspector.

El agente se encargó de informarle.

–Tiene que ser aquel viejo caserón que se alza sobre la Colina del Búho, señor. ¿Recuerda que una vez fuimos allí en busca de un fugitivo, pero todo parecía estar en regla? Lo cuida un jorobado y su hermana, y pertenece a una persona que sale con frecuencia de viaje. Se llama Perton.

–¡Exacto! –gritó Ricardo–. Precisamente he llegado aquí en el coche del señor Perton, un Bentley negro.

–¿Conoces el número de su matrícula? –preguntó el inspector.

–KMF 102 –contestó Ricardo sin vacilar.

–¡Buen chico! –celebró el inspector.

Cogió el teléfono y dio instrucciones precisas para que se iniciase la búsqueda del Bentley.

–¿De manera que tú eres Ricardo Thurlow Kent? –dijo luego–. Tu madre está muy preocupada por ti. Me encargaré de que la avisen enseguida. Será mejor que te lleven a casa en un coche.

–Pero... señor, ¿no podría ir al Nido del Búho con usted? –protestó Ricardo, desalentado–. Ustedes irán allí en busca de Ana, Dick, Jorge y Julián, ¿no es eso?

–Claro que iremos –respondió el inspector–. Pero tú no nos acompañarás. Ya has tenido bastantes aventuras. Lo mejor es que te vayas a tu casa y te metas en la cama. Necesitas descansar. Ya has hecho suficiente escapándote y llegando hasta aquí. Te has portado como un verdadero héroe.

Ricardo no pudo impedir el sentirse satisfecho ante

sus palabras. Sin embargo, ¡cuánto le hubiese gustado ir al Nido del Búho con la policía! ¡Qué maravillosa escena cuando entrase en ella demostrando así a Julián lo bien que había solucionado su parte del asunto! Quizás entonces Julián cambiara su opinión sobre él.

Pero el inspector no quería ningún niño en los coches que iban hacia el Nido del Búho. Ricardo se quedó con un joven agente esperando que llegase un coche para llevarlo a su casa. Después llamó por teléfono.

–¿No hay rastro del Bentley? Bien. Gracias. –Se dirigió al joven policía–. Ya me lo imaginé. Probablemente se habrá apresurado a regresar al Nido del Búho para advertir a los demás.

–Llegaremos allí pronto –dijo el policía sonriendo–. Nuestro coche es tan rápido como un Bentley.

El inspector se hallaba en lo cierto. Cuando el señor Perton vio a Ricardo tambaleándose en los escalones del puesto de policía, corrió hacia el coche a toda velocidad, seguro de que la policía no tardaría en iniciar la captura del coche matrícula KMF 102, y arrancó inmediatamente.

Cogía las curvas peligrosamente, tocaba la bocina sin cesar, haciendo que todo el mundo se apartase a toda prisa de la carretera. Pronto se encontró en el campo.

Siguió corriendo a toda velocidad, gracias a sus potentes faros que iluminaban el camino hasta larga distancia.

Al llegar a la colina donde se encontraba el Nido del Búho comenzó a tocar la bocina insistentemente. Nada más llegar a las puertas, estas se abrieron. Alguien había oído su señal. ¡Bien! Recorrió el camino y frenó en seco delante de la puerta principal, que se abrió cuando saltó fuera del coche. Rooky estaba allí, con dos hombres más, todos con aire preocupado.

–¿Qué pasa, Perton? ¿Por qué has vuelto tan pronto? –gritó Rooky–. ¿Ha ocurrido algo malo?

El señor Perton se dirigió hacia ellos. Cerró la puerta y se enfrentó con los hombres en la entrada.

–¿Sabes lo que ha pasado? Ese chico, Ricardo Kent, estaba en el coche cuando salí. ¿Te das cuenta? Escondido en el maletero o en alguna parte. ¿No lo habéis echado de menos?

–Sí –respondió Rooky–. Claro que lo hemos echado de menos. ¿Lo has dejado escapar, Perton?

–Bueno... –titubeó–, el hecho es que yo ignoraba que estuviera en el coche, y cuando fui a hablar con Ted, pudo escapar. Corrió como una liebre. Me faltó muy poco para cogerle una vez, pero se me escabulló dejando su jersey en mis manos. Y como se metió en un puesto de policía decidí que sería mejor dejarle y volver aquí para avisaros.

—Entonces la policía estará aquí en un minuto –gritó Rooky–. Eres un idiota, Perton. Tenías que haber atrapado a ese niño. Hemos perdido nuestro rescate. ¡Y yo que estaba tan contento de haber puesto las manos encima de ese pequeño salvaje!

—Ahora no sirve de nada lamentarse –adujo Perton–. ¿Qué pasa con Weston? Suponte que la policía le encuentre. Lo están buscando. Los periódicos no hablan en estos días más que de la desaparición de Ricardo Kent y de Salomón Weston y su huida de la cárcel. Y estamos metidos hasta las orejas en los dos asuntos. ¿Es que quieres volver a la cárcel, Rooky? Acabas de salir de ella... ¿Qué haremos ahora?

—Tenemos que pensarlo –respondió Rooky presa del pánico–. Vamos a la sala. Tenemos que pensar.

CAPÍTULO 20

El cuarto secreto

Los cuatro niños habían oído la apresurada llegada del coche por el camino. Julián se acercó a la puerta de la cocina, deseoso de enterarse de lo que había ocurrido. Si el señor Perton estaba de vuelta, eso podía significar dos cosas: o que Ricardo había conseguido su objetivo y se había escapado, o bien que había sido descubierto y lo habían traído de vuelta.

Escuchó toda la conversación desarrollada en la entrada. ¡Bien! ¡Muy bien! Ricardo se había escapado y estaría contando toda la historia a la policía. Dentro de poco, la policía aparecería en el Nido del Búho y... ¡con cuántas cosas sorprendentes se encontrarían en la casa!

Cuando los hombres se retiraron a la sala, salió de la cocina y se aproximó de puntillas a la puerta. ¿En qué consistirían sus planes? Esperaba que no la emprendiesen con él o los demás. Claro que contaban con *Tim*, pero, en caso de emergencia, Rooky no dudaría en disparar sobre el perro.

A Julián no le gustaron en absoluto los proyectos que los bandidos trazaban dentro de la habitación.

–Lo primero que haré es sacudir las cabezas de esos críos con todas mis fuerzas –gruñó Rooky–. Ese muchacho mayor... ¿cómo se llama?... Julián o algo así, debe de haber planeado la huida de Ricardo Kent. Zurraré de lo lindo a ese metomentodo.

–¿Y qué pasa con los diamantes? –preguntó otra voz–. Tendremos que esconderlos en sitio seguro antes de que llegue la policía. Tenemos que darnos prisa.

–Bueno... Pasará algún tiempo antes de que puedan encontrar la manera de abrir la puerta, y algún tiempo más antes de que puedan escalar el muro. Disponemos de tiempo para dejar los diamantes en el cuarto de Weston. Si él está a salvo allí, también lo estarán los diamantes.

«¡Diamantes! –pensó Julián, emocionado–. Así que tienen diamantes escondidos en la casa. ¿Qué más habrá?».

–Cógelos, Rooky –urgió el señor Perton–. Llévalos al cuarto secreto enseguida. Y date prisa. La policía puede presentarse de un momento a otro.

–Les contaremos un cuento sobre el niño Ricardo y sus amigos –dijo la voz del cuarto hombre–. Diremos que los cogimos a todos ellos invadiendo nuestro terreno y los hemos retenido para castigarlos. Si nos diese tiempo, lo mejor sería dejarlos a todos en libertad. Al fin y al cabo, no saben una palabra de nada. No pueden descubrir ningún secreto.

Rooky no quería dejarlos ir. Tenía planes espantosos con respecto a ellos. Sin embargo, sus compinches acabaron por convencerlo.

–Muy bien –dijo enfadado–. Que se vayan si todavía hay tiempo. Perton, tú llévalos hacia la verja y échalos antes de que llegue la policía. Estarán agradecidos de marcharse y se perderán en la oscuridad. ¡Mejor para ellos!

–De acuerdo. Mientras, tú coge los diamantes y ocúpate de ellos –dijo el señor Perton.

Julián percibió el ruido de su silla al levantarse. Se apresuró a regresar hacia la cocina.

Parecía que no les quedaba otro remedio que dejarse conducir fuera de la casa. Julián pensó que, si eso ocurría, esperarían cerca de allí la llegada de la policía. No se perderían en la oscuridad como deseaba Rooky.

El señor Perton entró en la cocina. Su mirada se posó sobre los niños. *Tim* gruñó.

–Así que llevasteis a cabo vuestro plan y escondisteis a Ricardo en el coche, ¿eh? –dijo–. Bien, os daremos vuestro merecido dejándoos fuera en la oscuridad. Lo más probable es que os perdáis y vaguéis durante días por el campo solitario que nos rodea. ¡Así lo espero!

Nadie respondió. El señor Perton intentó darle un bofetón a Julián, que se agachó a tiempo. *Tim* saltó sobre el hombre y Jorge se apresuró a sujetarlo por el collar. Pese a ello, el perro por poco parte en dos el brazo del señor Perton.

–Si este maldito perro tuviese que quedarse aquí un día más, no dudaría en pegarle un tiro –exclamó el señor Perton fuera de sí–. Vamos. ¡Moveos!

–Adiós, Aggie –se despidió Ana.

Aggie y el jorobado les vieron salir de la cocina e internarse en el oscuro jardín. Aggie parecía muy asustada. El jorobado escupió detrás de ellos y soltó una palabrota.

Se encontraban a mitad de camino cuando llegó hasta ellos un rugido de motores acercándose a las puertas del Nido del Búho a toda prisa. Dos vehículos potentes y rápidos, con intensas luces. ¡Coches de la policía sin duda alguna! El señor Perton se detuvo en seco y luego empujó a los niños de nuevo hacia la casa. Ya era tarde para dejarlos en el exterior de la finca con la esperanza de que se perdiesen.

–Id a buscar a Rooky –les ordenó–. Se vuelve loco cuando está asustado. Y os aseguro que ahora se asustará de verdad, con la policía llamando a la puerta.

Julián y los demás entraron en la cocina con cautela. Harían todo lo posible para no comparecer ante Rooky. No había nadie en la estancia, ni siquiera el jorobado o Aggie. El señor Perton se dirigió hacia la entrada.

–¿Habéis escondido ya los diamantes? –gritó.

–Sí –contestó una voz–. Los tiene Weston. Está todo en regla. ¿Has tenido tiempo de echar a los niños?

–No. Y la policía ha llegado ya a la verja –gruñó el señor Perton.

Se oyó un chillido de alguien, probablemente Rooky.

–¡La policía! ¿Ya? Si tuviese a Ricardo aquí le arrancaría la piel. Espera a que acabe de quemar unas cuantas cartas que no quiero que caigan en sus manos. Entonces cogeré a los otros niños. Alguien tiene que pagármelas y no me importa quién sea.

–No seas loco, Rooky –protestó el señor Perton–. ¿Quieres meterte en un lío otra vez por culpa de tu mal genio? Deja en paz a los niños.

Julián escuchó todo aquello y se sintió muy molesto.

Tendría que esconder a sus compañeros. Ni siquiera *Tim* conseguiría protegerlos en caso de que Rooky tuviese una pistola. Pero... ¿dónde podía ocultarlos?

«Si Rooky se enfada más, es capaz de buscar por toda la casa de arriba abajo hasta localizarnos y vengarse de nosotros –pensó Julián–. ¡Qué lástima que no haya otro cuarto secreto para meternos nosotros también en él! Así estaríamos a salvo».

Pero aun en el caso de que existiese, ellos ignoraban dónde. Oyó como Rooky subía al primer piso con los demás. Ahora tenían una oportunidad. Sí, pero ¿dónde esconderse?

De pronto se le ocurrió una idea. De momento no pudo decidir si era buena o mala. Luego pensó que, en un caso u otro, tenían que intentarlo.

–Tenemos que ocultarnos –dijo a sus hermanos y a su prima–. Rooky no resulta de fiar cuando se enfada.

–¿Y dónde nos esconderemos? –preguntó Ana, asustada.

–En el cuarto secreto –respondió Julián–. Todos se quedaron mirándole estupefactos.

–Pero... pero hay alguien escondido en él. Nos has dicho que lo viste la noche pasada –exclamó Jorge por fin.

–Ya lo sé. Y no podemos remediarlo. Pero si hay algo

cierto es que ese hombre será la última persona en el mundo que desee delatarnos si nos escondemos con él. No tiene ningún interés en ser encontrado –dijo Julián–. Estaremos muy apretujados, porque el cuarto secreto es muy pequeño. Sin embargo, es el sitio más seguro que se me ocurre.

–*Tim* tendrá que venir también –intervino Jorge con firmeza.

Julián asintió.

–Claro que sí. Podemos necesitarle para que nos proteja del hombre que está escondido –dijo–. Se pondrá furioso y debemos evitar que llame a Rooky. En cuanto nos hayamos metido en el cuarto, todo irá bien, porque entonces *Tim* lo mantendrá a ralla. Además, no se atreverá a gritar porque le diremos que la policía está aquí.

–¡Estupendo! –dijo Dick–. Vámonos. ¿Podemos salir sin peligro?

–Sí, todos están arriba –contestó Julián–. Probablemente están quemando cosas que no les interesa que sean encontradas. ¡Venid!

El jorobado y Aggie seguían sin dar señales de vida.

Seguramente al oír lo que pasaba habían resuelto esconderse ellos también. Julián guio a sus compañeros hacia el pequeño despacho.

Se aproximaron a la grande y sólida biblioteca que llegaba hasta el techo. Julián se dirigió rápidamente a un estante y sacó todos los libros. Buscó la clavija.

¡Allí estaba! La atrajo hacia él y el panel trasero se deslizó en silencio hacia abajo, dejando una abertura, semejante a una ventana, sobre el cuarto secreto.

Los niños se quedaron atónitos. ¡Qué curioso! ¡Qué extraordinario! Miraron a través de la abertura y vieron el pequeño cuarto iluminado por la luz de una vela. También descubrieron al hombre escondido y él los vio a ellos. Los contempló asombrado.

–¿Quiénes sois vosotros? –preguntó con voz amenazadora–. ¿Quién os ha mandado abrir este panel? ¿Dónde están Rooky y Perton?

–Venimos a reunirnos con usted –repuso Julián con la mayor tranquilidad–. No haga ruido.

Primero hizo entrar a Jorge. Esta se dejó resbalar a través de la abertura y cayó al suelo sobre sus pies. *Tim* la siguió de inmediato, empujado por Julián.

El hombre se había puesto en pie, enfadado y sorprendido. Era un hombre corpulento, con unos ojos pequeños y muy juntos y una boca cruel.

–¡Escuchad! –dijo con voz fuerte–. No voy a tolerar esto. ¿Dónde está Perton? ¡Eh! Per... –intentó gritar.

—Si dice una sola palabra más, mi perro saltará sobre usted —interrumpió Jorge en respuesta a una señal de Julián—. *Tim* ladró con tanta ferocidad que el hombre se encogió.

—Yo... Yo... —empezó a decir.

Tim ladró otra vez, mostrando sus magníficos dientes. El hombre saltó sobre la pequeña cama y allí se quedó, sumiso, extrañado y furioso. Dick fue el siguiente en deslizarse por el agujero y, luego, Ana. La pequeña habitación se hallaba repleta.

—¡Un momento! —exclamó Julián recordando algo de repente—. Yo tendré que quedarme fuera, porque hay que poner los libros en su sitio. Si no, Rooky notará que el estante está vacío y comprenderá que nos hemos metido en el cuarto secreto. Entonces caeríamos en sus manos.

—¡Oh, Julián, tienes que venir con nosotros! —protestó Ana, asustada.

—No puedo, Ana. He de volver a cerrar el panel y colocar los libros —dijo Julián—. No podemos correr el riesgo de que nos encuentre antes de que la policía haya cogido al loco de Rooky. No me pasará nada, no te preocupes.

—¿La policía? —murmuró el hombre del cuarto secreto, y los ojos casi se le salieron de las órbitas—. ¿Está la policía aquí?

–En la puerta –contestó Julián–. Así que a callar, si no quiere usted que lo localicen enseguida.

Empujó la clavija. El panel volvió a su lugar sin el menor ruido. Julián puso los libros en su sitio sobre el estante tan deprisa como le fue posible. Luego salió del despacho, a fin de que los hombres no imaginaran siquiera que había puesto los pies en él. Se sentía satisfecho porque Rooky le había dejado el tiempo necesario para ejecutar su plan.

¿Dónde se escondería él? ¿Cuánto tiempo tardaría la policía en escalar el muro o en forzar las puertas? Con toda probabilidad no se demorarían demasiado.

Se oyeron pisadas sobre las escaleras. Era Rooky. En el acto descubrió a Julián.

–¡Ah! ¿Conque estás aquí? ¿Dónde se han metido los demás? Ya te enseñaré yo a estropear mis planes. Ya te enseñaré a...

Rooky tenía un látigo en la mano y parecía loco de verdad. Julián se asustó. Regresó corriendo al despacho y cerró la puerta a sus espaldas. Rooky empezó a golpearla. De pronto, resonó un ruido tan fuerte que Julián comprendió que había cogido una de las sillas de la entrada y golpeaba con ella. La puerta no resistiría mucho más y caería al suelo.

CAPÍTULO 21

Un final muy emocionante

Julián era un chico valiente, pero en aquel momento estaba asustado de verdad. ¿Qué estarían pensando los niños escondidos en la habitación secreta? La pobre Ana debía estar aterrorizada por los gritos y los golpes de Rooky y el estruendo en la puerta.

De repente, se le ocurrió una idea genial. ¿Cómo no se le habría ocurrido antes? Podría abrir las puertas él mismo para que entrara la policía. Sabía cómo hacerlo y tenía la rueda del mecanismo al alcance de su mano. Una vez abiertas las puertas, la policía solo tardaría unos minutos en golpear la puerta de la casa.

Julián corrió hacia la rueda. Le dio la vuelta con fuerza. Un chirriante sonido comenzó a oírse tan pronto como el mecanismo se puso en marcha.

Rooky todavía golpeaba la puerta con la silla. Había

hecho saltar ya algunas astillas. Sin embargo, cuando oyó que el mecanismo funcionaba cesó en su tarea presa de espanto. ¡La puerta se estaba abriendo! Pronto aparecería la policía y lo atraparía.

Se olvidó de las historias que se había propuesto contarles, se olvidó de los planes que él y los otros habían trazado, se olvidó de todo, salvo de que debía esconderse. Tiró la silla al suelo y escapó corriendo.

Julián se sentó en la silla más cercana. Su corazón golpeaba en su pecho como si acabara de hacer una carrera. Las puertas estaban abiertas. Rooky se había ido y pronto la policía llegaría para rescatarlos. Y mientras pensaba eso, oyó el ruido de potentes motores rugiendo por el camino. Luego los coches se pararon y las portezuelas de los coches se abrieron.

Alguien empezó a golpear la puerta principal.

—¡Abran, en nombre de la ley! —gritó una voz fuerte. Luego siguió otro repiqueteo.

Nadie contestó. Julián abrió la medio rota puerta del despacho donde se encontraba y ojeó con cautela el pasillo. No había nadie a la vista.

Corrió hacia la puerta principal, descorrió el cerrojo y retiró la pesada cadena de seguridad, temblando por si alguien viniese a interrumpirle. Pero nadie lo hizo.

La puerta fue empujada por la policía, que penetró en el interior precipitadamente. Eran unos ocho y se sorprendieron al ver a un niño allí.

—¿Quién eres tú? —preguntó el inspector.

—Soy Julián, señor. Me alegro de que hayan venido, porque las cosas se estaban poniendo muy feas.

—¿Dónde estás esos bandidos?

—No lo sé —respondió Julián.

—Búsquenles —ordenó el inspector, adelantándose.

Sus hombres se dividieron en dos grupos. No obstante, antes de que pudieran entrar en cualquier habitación, una voz fría les habló desde la entrada del pasillo.

—¿Puedo preguntar qué significa todo esto?

Era el señor Perton, muy tranquilo en apariencia y fumando un cigarrillo. Se mantuvo en la puerta de su sala de estar, imperturbable.

—¿Desde cuándo se entra de esta forma en una casa sin razón que la justifique?

—¿Dónde están los demás? —le interrogó el inspector.

—Aquí dentro —dijo el señor Perton—. Teníamos una pequeña reunión y oímos los golpes en la puerta. Aparentemente, han conseguido entrar de alguna manera. Me temo que tendrán problemas por esto.

El inspector se adelantó hacia la estancia donde estaba el señor Perton. Miró dentro.

–¡Hombre! ¡Pero si es nuestro amigo Rooky! –exclamó–. No llevas más que unos días fuera de la cárcel y ya estás mezclado en otro lío. ¿Dónde está Weston?

–No sé a qué se refiere –dijo Rooky–. ¿Cómo puedo saber dónde está? La última vez que le vi fue en la cárcel.

–Sí, pero se escapó –contestó el inspector–. Alguien tuvo que ayudarle, Rooky, alguien planeó su huida y alguien sabe dónde están los diamantes que robó y escondió. Y ese alguien es amigo tuyo, Rooky. Supongo que los habrá repartido contigo y con tus amigos por haberle prestado vuestra ayuda. ¿Dónde está Weston, Rooky?

–Le repito que no lo sé –volvió a decir Rooky tercamente–. Aquí no, desde luego, si eso es lo que usted quiere decir. Si le apetece, puede registrar toda la casa de arriba abajo. A Perton no le importará, ¿verdad que no, Perton? Y, de paso, busque también los diamantes si quiere. Yo no sé una palabra sobre ellos.

–Perton, sospechamos de usted desde hace mucho tiempo –dijo el inspector mirando al señor Perton, que continuaba fumando su cigarrillo tranquilamente–. Suponemos que está detrás de todas estas evasiones de la cárcel. Por eso compró esta vieja casa tan aislada, ¿verdad? Así puede trabajar sin que le molesten. Usted prepara las fugas, el cambio de ropa y un buen escondite hasta que el hombre pueda salir del país.

–¡Tonterías! –dijo el señor Perton.

–Y solo ayuda a los criminales que han cometido un robo importante y han ocultado el botín antes de ser atrapados –prosiguió el inspector con voz amenazadora–. Así se asegura un gran beneficio en su tarea. Perton, sabemos que Weston está aquí y también los diamantes. ¿Dónde están?

–No están aquí –aseguró Perton–. Búsquelos. No conseguirá nada de mí, inspector. Soy inocente.

Julián escuchaba todo aquello con asombro. Habían caído en un nido de ladrones y bandidos. Bueno, él sabía muy bien dónde se hallaban Weston y los diamantes. Dio un paso hacia delante.

–Ya me contarás tu historia más tarde, hijo –dijo el inspector–. Ahora tenemos trabajo.

–Señor, yo les puedo ahorrar mucho tiempo –dijo Julián–. Sé dónde está escondido el prisionero, y los diamantes también.

Rooky se puso en pie con un bufido de rabia. El señor Perton contempló a Julián con dureza. Los demás se miraron entre sí, con inquietud.

–Tú no puedes saber nada –gritó Rooky–. Estás mintiendo. Llegaste ayer.

El inspector observó gravemente a Julián. Le gustaba aquel chico con sus modales tranquilos y mirada honesta.

–¿Es verdad lo que dices? –preguntó.

–Sí –respondió Julián–. Venga conmigo, señor.

Dio la vuelta y salió de la habitación. Todos le siguieron: la policía, Rooky y sus compinches. Sin embargo, tres agentes se colocaron tras ellos para cortarles la retirada.

Julián les guio hacia el despacho. La cara de Rooky tomó un color amoratado, pero Perton lo empujó ligeramente y consiguió contenerse. Julián fue hacia la biblioteca y sacó de una vez todos los libros del anaquel.

Rooky dio un grito terrible y saltó sobre Julián.

–¡No! Pero ¿qué estás haciendo?

Dos policías lo sujetaron con fuerza y lo arrastraron hacia atrás. Julián tiró de la clavija y el panel se deslizó hacia abajo sin el menor ruido, como siempre, dejando un espacio vacío detrás de la pared.

Desde el escondite, cuatro rostros se enfrentaron con los visitantes, las caras de tres niños y de un hombre. *Tim* también estaba allí, en el suelo. Por unos instantes, nadie dijo una palabra. Los del cuarto secreto estaban tan sorprendidos de ver tantos policías como los del despacho estaban sorprendidos de ver tantos niños en una habitación tan pequeña.

–¡Vaya! –exclamó el inspector–. ¡Menuda sorpresa! ¡Así que aquí tenemos a Weston en persona!

Rooky comenzó a forcejear con la policía. Estaba furioso con Julián.

–Ese chico –murmuró–. Dejadme que lo coja. ¡Ese maldito chico!

–¿Tiene usted los diamantes ahí dentro, Weston? –preguntó el inspector alegremente–. Démelos.

Weston estaba muy pálido. No se movió. Dick alargó la mano por debajo de la cama y sacó la bolsa.

–Aquí están. Por lo menos pesa bastante. ¿Podemos salir ya, Julián?

Los policías les ayudaron a pasar por el panel. Weston fue esposado antes de permitirle salir. De repente, Rooky se encontró con que él también llevaba esposas. Y a pesar de su enfado el señor Perton tuvo que resignarse ante el chasquido que hicieron las suyas al cerrarse sobre sus muñecas.

–Un botín espléndido –exclamó el inspector con entusiasmo al mirar dentro de la bolsa.

–¿Qué has hecho con el uniforme de la prisión, Weston? Llevas un buen traje, pero no es el que llevabas cuando saliste de la cárcel.

–Yo puedo decírselo –intervino Julián.

Todos le miraron sorprendidos, salvo Jorge y Ana, que también lo sabían.

–Está metido en un pozo, que está en el patio de una casa en ruinas en el camino hacia el Bosque de Middlecombe –explicó Julián–. Puedo enseñárselo cuando quieran.

El señor Perton miró a Julián como si no pudiese creer lo que oía.

–¿Cómo sabes eso? –preguntó con brusquedad–. No puedes saberlo.

–Pues lo sé –replicó Julián–. Y le diré más, usted le trajo un paquete de ropa y llegó al patio en su Bentley negro KMF 102. ¿No es así? Yo lo vi.

–Eso le deja a usted en una situación bastante comprometida –dijo el inspector con una sonrisa de satisfacción–. Le pone en un verdadero aprieto, ¿no le parece? He aquí un buen chico, que descubre una gran cantidad de cosas interesantes. No me sorprendería que algún día se uniera a la policía. Necesitamos gente como él.

Perton escupió su cigarrillo y lo pisó como si desease hacer lo mismo con Julián. ¡Aquellos niños! Si el idiota de Rooky no hubiese visto a Ricardo Kent por el camino y no lo hubiese perseguido, nada de aquello hubiese sucedido. Weston seguiría escondido, de forma segura. Una vez vendidos los diamantes, Weston habría sido enviado fuera de país, y él, Perton, sería dueño de una fortuna. Ahora, una pandilla de chiquillos lo había estropeado todo.

–¿Hay alguien más en la casa? –preguntó el inspector a Julián–. Parece ser que tú sabes más que nadie, hijo, así que quizá puedas contestar a esto también.

–Sí, Aggie y el jorobado –replicó Julián enseguida–. Pero no sea duro con Aggie. Se portó muy bien con nosotros y el jorobado la tiene aterrorizada.

–Tendremos en cuenta lo que dices –prometió el inspector–. ¡Muchachos!, buscad por toda la casa. Traed a Aggie y también al jorobado. De todos modos los necesitaremos como testigos. Dejad dos hombres de guardia aquí. Los demás nos vamos.

Fueron necesarios el Bentley negro y los dos coches de la policía para que cupieran todos. Pronto partieron hacia la ciudad. Tuvieron que dejar las bicicletas, porque no había lugar para ellas en ninguno de los vehículos. Se apretujaron como pudieron.

–¿Volvéis a casa esta noche? –preguntó el inspector

a Julián–. Os llevaremos. ¿Qué hay de vuestros padres? ¿No estarán preocupados por vosotros?

–No. No están en casa –explicó Julián–. Íbamos de excursión con nuestras bicicletas, así que no se han enterado. La verdad es que no tenemos adonde ir esta noche.

Pero sí que lo tenían. Un mensaje esperaba al inspector.

Decía que la señora Thurlow Kent se sentiría encantada de que Julián y los demás aceptaran pasar la noche en su casa con Ricardo. Deseaba enterarse de todas sus extraordinarias aventuras.

–De acuerdo –exclamó Julián–. Esto resuelve la cuestión. Iremos. De todos modos me gustaría ver a Ricardo. Al fin y al cabo, demostró ser todo un héroe.

–Tendréis que permanecer por aquí unos días –dijo el inspector–. Os necesitaremos para que actuéis de testigos. Tenéis una historia magnífica que relatar al juez y nos habéis ayudado mucho.

–De acuerdo. Nos quedaremos por aquí –asintió Julián–. Le agradecería mucho que usted se ocupara de recoger nuestras bicicletas.

Ricardo los esperaba en la puerta principal, a pesar de que ya era muy tarde. Llevaba ropa limpia y se le veía muy aseado, comparado con el sucio grupo de niños a cuyo encuentro corrió.

–¡Cuánto me habría gustado seguir con vosotros hasta el final! –gritó–. Me mandaron a casa, aunque estaba furioso. ¡Mamá, papá! Estos son los niños con quienes me marché.

El señor Thurlow Kent acababa de llegar de América. Les estrechó la mano a todos.

–Pasad –les invitó–. Os hemos preparado una buena cena. Sin duda estaréis hambrientos.

–Contádmelo todo enseguida –les urgió Ricardo.

–Necesitamos un buen baño primero –dijo Julián–. Estamos asquerosos.

–Bueno, puedes contármelo mientras te bañas. Estoy impaciente por saberlo.

Era estupendo poder darse un baño caliente y ponerse ropa limpia.

A Jorge le entregaron unos pantalones cortos, igual que a sus primos, y los demás se rieron al ver que el señor y la señora Kent la tomaban por un chico. Jorge también se rio, pero no dijo nada.

–Me enfadé mucho con Ricardo cuando supe lo que había hecho –dijo el señor Kent cuando todos se hallaron sentados alrededor de la mesa comiendo con gran apetito–. Estoy avergonzado de él.

Ricardo bajó la cabeza. Miró a Julián suplicante.

–Sí, Ricardo se portó de forma ridícula –asintió Julián– y nos metió a todos en problemas.

Ricardo parecía todavía más abatido. Se puso muy encarnado y miró hacia el mantel.

–Sin embargo –dijo Julián–, ha pagado ya por su tontería. Se ofreció para meterse dentro del maletero del coche, escaparse e ir a avisar a la policía. Eso requería valor, créame. Creo que ahora conocemos más a Ricardo.

Se inclinó hacia el niño y le golpeó la espalda. Dick y los otros le imitaron con una palmada y *Tim* emitió su más profundo ladrido de aprobación.

Ricardo se había puesto ahora rojo de alegría.

–Gracias –expresó con torpeza–. Siempre me acordaré de esto.

–Intenta hacerlo, hijo mío –dijo su padre–. El asunto podría haber terminado de una forma muy distinta.

–Pero no lo hizo –replicó Ana, contenta–. Acabó así. Podemos volver a respirar con tranquilidad.

–Hasta la próxima vez –dijo Dick con una sonrisa. ¿Tú qué crees, *Tim*?

–¡Guau! –respondió *Tim* aporreando el suelo con el rabo–. ¡Guau!

FIN

ÍNDICE